光は形を成していき、
それは小さいながらも
人の形を形作ってゆく。
「子供……？」
Frontier World Online
フロンティア ワールド オンライン
召喚士として活動中

「こっち？」
ペチペチ
森の中心部へと視線を向けると
ダリアはペチペチと頭を叩き、
木漏れ日の道へと視線を向けると
ダリアはペチンと頭を叩いた。
一回は否定で、二回が肯定ね。

ダリアも気に入ったのか、
二、三度その場でくるりと
回ってみせる。まるで
魔法世界のお姫様だ。
「これってデザインも
ケンヤなの？」
「そりゃもちろん」
「え、めちゃくちゃ
すごくない？」
「だろ？ だろお？」
肩車したり、お着がえさせたり……
可愛い召喚獣ダリアとのゲームライフは
新鮮な驚きに満ちている――!!

初めて遭遇する
ボスモンスターだ。
#BOSS
Lv.20
森の王
【ド・ギア】

Frontier World Online

フロンティア ワールド オンライン

召喚士として活動中

Author

ながワサビ64

CONTENTS

FWO
Frontier World Online

第1章 始まりと出会い

『おかえりなさい、大樹《だいき》様。今回の外出時間は20時間14分でした。部屋に異常はありません。体温が低いです、お疲れですね。部屋の温度を自動調整します――』

音声を合図に部屋の家電が稼働する。

灯《あか》りに照らされ質素な部屋が現れた。

置かれた家具は数えるほどしかなく、台所には調理器具すらない。住んで2年経《た》っているのに我ながら生活感ないな。

ため息と共にソファに沈む。

貰《もら》ったカイロは既に硬くなっていた。

「まさか半日以上並ぶことになるとは思わなかった……」

仕事続きで鈍《にぶ》った足は真夜中の冷気にやられて悲鳴を上げている。

珈琲《コーヒー》の缶を瞼《まぶた》の上に乗せる。

温かくて気持ちいい。やば、寝そう。

「と。このまま寝たら勿体《もったい》ないな」

首だけを動かし右手に握られた紙袋を見ると――ヘルメット型最新ゲーム機器と共に、『Frontier World Online』の文字が覗《のぞ》いていた。

＊＊＊＊＊

――半日前、オフィスにて。


世間は入学式や入社式があったりと、そこそこイベントがあった4月の暮れ。

不動産業界での4月といえば、繁忙期から徐々《じょじょ》に閑散期《かんさんき》へとフェードアウトしてゆく時期。新入学生や新社会人は3月までに住処《すみか》を決めて準備しなければならないため、必然的に4月からは客足も減り暇《ひま》になってくるのだ。

このタイミングで羽を伸ばす営業は多い。

俺も例に漏れず、明日から2連休だ。

まぁ家で寝るしかやることはないのだが。

そんな休日前の昼休み――

「ゲーム？」

「おう。それも普通の代物《しろもの》じゃない。ＶＲよＶＲ。てか新入社員歓迎会でもこれの話題で持ち切りだったじゃんか！」

人懐《ひとなつ》っこい笑みを浮かべるこの男性は、物件管理部署の主任である荻野謙也《おぎのけんや》。仕事帰りに夕飯をご馳走《ちそう》したりしてもらったりと、唯一仲の良い同期である。

新入社員歓迎会？

「すまん。ほぼ寝てた」

「寝てたな。そういえば」

「日本酒ダメなんだよ俺」

酒に酔って即潰《つぶ》れてから記憶がない。

「連絡先交換会でも寝てるから女の子達《新入社員》が残念がってたぞ」

「？　会社の携帯で連絡取れるだろ」

「まあなんだ……まいっか」

諦めたような顔で笑う謙也は、押し売り営業のように携帯を操作し見せてきた。

携帯からはゲームのＰＶが流れている。


この世界は『生きている』。

壮大な音楽と共に流れるゲーム世界。

記憶に新しい画期的な技術『VR』を導入した全く新しいMMORPGだ。ゲーム世界の住人・敵・ペットには人工知能が備わっているため、彼等には豊かな感情がある。

要約するとそんな内容だった。

「『Frontier World Online』、世界開拓？　開拓世界？」

「そう！　マップもストーリーも装備品も、全てプレイヤー達が色んな場所を巡《めぐ》って開拓して広げていくんだよ」

メールを整理しながらその記事を読み終える。と、謙也は顔の前で手を合わせてきた。

「頼む！　どうしてもコレ発売日に欲しいからさ、今日この後ゲームショップ一緒に並んでくれねえ？」

「これから？　ていうか謙也、奥さんがこんなの許してくれないだろ」

俺は腕組みする奥さんの姿を想像した。

最近も趣味の小物類をゴミに出された話を聞いたばかりだし。

謙也はそれに得意げな表情を見せる。

「嫁さんは自宅が物で溢《あふ》れるのが許せないらしい。俺は物作りが楽しい、集めたい。そんでこのFrontier World Onlineは自分で剣とか鎧《よろい》とかフライパンとか、なーんでも作れるのよ」

「ゲーム機1台さえあれば趣味が完結できるってことか。部屋に物もそれ以上は増えないし利害が一致《いっち》したわけだ」

謙也は満足そうに頷《うなず》いた後、再びすがるような表情で両手を合わせた。

「だから頼むっ！　大樹の分も買ってやるから、寒空の下、俺の会話相手になってくれ。新人達との話の種にもなるし……な？　な？」

「新人達と並んだらいいんじゃないか？」

「そんな薄情なこと言わないでさ」

幸い明日明後日《あさって》と休みだ。

謙也はそれを知ったうえで頼んできているのだろうけど。

「あー、まぁいいよ。その代わりゲームのこともうちょっと詳しく教えてくれ」

「ほんっとありがとな！　じゃまずキャラメイクと職業、あとスキルなんだけど……」

＊＊＊＊＊

『プレイヤーネームを教えてください』

自室にある自動応対機能とは違う、もっとなめらかな声だ。

機械音声じゃない……のか？

本当に人が対応してるわけじゃないよな。

「ダイキ　で、よろしくお願いします」

最新のゲームシステムに驚きつつ、謙也に教わった手順で進めていく。

ゲームのキャラクター設定画面は、Frontier World Onlineの広大なマップ上をゆっくり流れる、まるで雲のような視点で見下ろしながら進んでいく。

音声ガイダンスに合わせて現れる文字に従《したが》い、脳内でカタカナの『ダイキ』を念じるままに文字が入力された。

技術の進歩に感心しつつ、そもそもゲームなんて小学生以来だなと、どこか懐かしい気持ちにもなっていた。

『希望する種族を教えてください』

「人族　で、お願いします」

人族はいわゆる人間そのもので、謙也曰《いわ》く、他《ほか》に獣人族や魚人族、巨人族や小人族から、レア種族である機人族や竜人族など様々存在するらしい。

『希望する職業を教えてください』

職業選択まで来て謙也の言葉を思い出す。

『このゲームは一緒に冒険したり飯食べたり遊んだり会話したりできる〝家族〟も作ることができるんだとさ』

家族、か。

俺の手が自然と職業の一つに伸びてゆく。

一切の愛をくれなかった仕事人間の父親。

父の遺産を得て新しい男と消えた母親。

およそ〝幸せな家庭〟じゃなかったからか俺は家族の愛を知らない。

「——召喚士　で、お願いします」

この瞬間から既に〝あの子達〟との出会いは決まっていたのかもしれない。

Welcome to Frontier World Online…

＊＊＊＊＊

視界が晴れると同時に飛び込んできた光景は、中世のような石造りの町並みと行き交う武装した人々――そして巨大な石だった。

何かの文字が刻まれた石のオブジェ。

その周りをカラフルな光が浮遊している。

視界の左上には小さい円状のマップと共に〝はじまりの町〟と書いてあり、ここがプレイヤーの開始地点なのだと分かる。

圧巻――その一言に尽きる。

まるで自分がファンタジーの世界に飛ばされたかのような錯覚《さっかく》。髪を撫《な》でる風、金属製の靴が石畳を踏《ふ》み締《し》める音と、賑《にぎ》やかな声。不思議な肉の匂い、香ばしいパンの香り……など、人間の五感に直接訴えかける〝没入型VR技術〟の圧倒的未来感は、たとえゲームに興味のない人間でも感動することだろう。

自分の意思のまま動く両手両足。

疲労感がないから不思議な感覚だ。

視界端に表示された赤青2色のメーターと、道行く人の頭上にあるプレイヤーネームの存在だけが〝この世界はゲームである〟ことを再認識させてくれる。

名前の前に灰色の字でＮＰＣと書かれているのがこの世界の住人で、書かれてない人がプレイヤー。そう説明されたものの、NPCも俺達と変わらない豊かな表情・自然な会話を楽しんでいる。

「これは謙也に感謝だな……」

新時代の最先端にいるような気持ち。

独り言《ひとごと》が人混《ひとご》みにかき消されるのを感じつつ、俺はゆっくり歩きながらFrontier World Onlineの完成度を堪能《たんのう》していった。

＊＊＊＊＊

町の外に来た俺は、チュートリアルで説明のあったステータスを表示させ自分の情報を見直す。

名前　ダイキ
Lv.1
種族　人族
性別　男
職業　召喚士
体力_10

魔力_10
物理攻撃力_10
物理防御力_10
魔法攻撃力_10
魔法防御力_10
回復魔法力_10
支援魔法力_10

パラメーターの部分は均等に振ってしまったから正しいのか否《いな》かも分からない。

そして召喚士は魔法職に当たるため、装備できる武器は杖《つえ》に限られる。

杖を扱《あつか》うには［魔力］［魔法攻撃力］［回復魔法力］［支援魔法力］の4つが大切になると書いてあった。

職業スキル
召喚士（杖術《じょうじゅつ》、召喚才能、召喚士の心得）
自由スキル
技術者の心得

体術
採掘術《さいくつじゅつ》
召喚才能・召喚士の心得は召喚士固有のスキルで、杖術は魔法職共通のスキル。この3つは［職業：召喚士］に付随《ふずい》するため、自由選択可能なスキル枠には含まれない。

他に俺が取ったのは［採掘術］と［技術者の心得］。それと、体を動かすこと全般に補正がかかるという万能スキル［体術］の3つだ。

そんなこんなで下準備をするためフィールドに出たのだが――

「混んでるなー」

いたるところで行われる戦闘、戦闘、戦闘。

複数人で大きなネズミを叩《たた》く光景は道徳的にクるものがあるが、レベルを上げるためには避けては通れないようだ。

サービス開始直後というのもあり、いわゆる狩場が超満員状態になっている。近くで湧《わ》いたモンスターを喧嘩《けんか》しながら取り合う姿も見受けられる。

「っと」

ちょうど俺の足元にネズミが湧いた。

視線を向けるとステータスが表示される。

［ナット・ラット　Lv.1］

見た目は小型犬ほどの白いネズミ。

不思議と恐怖心がないのは精神負担軽減機能《フィルター》の恩恵《おんけい》。そこは最先端ゲームといったところ。

噛《か》み付《つ》こうとするラットを避《よ》け、お返しにと蹴《け》りを食らわせる。

キィ！　という短い悲鳴の後、目の前に半透明のウインドウが表示された。

［ナット・ラットは倒れた］

［レベルが上がりました！］

その他、経験値の数字と獲得賞金が並ぶ。

まさか蹴り一撃で倒せるとは……いや、たぶんスキルの影響だな。

［体術　Lv.1］体を動かす際に補正がかかり、格闘術によって相手にダメージを与えることができる。

レベルアップによる恩恵はステータスが全て＋1されるのと、ボーナスポイントが3ポイントもらえるようだ。ひとまずボーナスポイントの方は貯《た》めておくことにしよう。

「急ぐか……」

俺はまだこの場に用はない。

湧いてくるモンスターを無視する形でフィールドを駆けていく。

「ほっ、よっ、はっ。はは。いいなコレ」

スキルの恩恵か、運動不足な体とは思えない軽やかさに感動しつつ、向かってくるネズミをひたすら避けながら目的の洞窟《どうくつ》に辿《たど》り着《つ》いた。

確認のため召喚術スキルの説明を開く。


[召喚術]ランダムで〝魔石〟を消費し、選ばれた召喚獣と契約・使役することができる。召喚獣は一体につきパーティの一枠として扱う。召喚獣のHPが0、または術者のHPが0になった場合、召喚獣は戦闘不能状態となり消滅する。再召喚には〝魔石〟が必要となる。

召喚獣を呼ぶには魔石というものが必要で、この魔石は町の雑貨屋から購入できる。
が――。

「ふんっ!」

ザクッと、小気味のよい音が響く。

洞窟の壁面が削れ、石が落ちてくる。

スキル[鉱石採掘術]を取得したことでアイテムボックス内には[粗末《そまつ》なツルハシ]なるアイテムが追加されていた。そして見て分かる通りただいま絶賛採掘中である。

俺の他にも大勢のプレイヤーが一心不乱にツルハシを振るっている。さながら気分は炭鉱作業員だ。

「ファンタジーの世界に来て初めてやることがコレか」

自分の妙なこだわりに苦笑しつつ、薄暗くじめじめした洞窟を掘っていく。

掘れども掘れども出てくるのは石ばかりだが……。

ピカッピカッ！

お。技術者の心得が反応してる。

［技術者の心得］匠《たくみ》の知識と技量が必要とされる場面で、適した場所やタイミングを光の強弱によって補助してくれる。対象の要求レベルが高すぎる場合、スキルは発動しない。

崩れた壁の奥に、アイコンのような光が現れる。その光は大きくなったり小さくなったりと形を変えている。

ここをタイミング良く叩けば取れるのか。

ザクッ。ザクッ。ガンッ。

タイミングによって手応《てごた》えが全然違う。

「光が小さい時に当てるのが良いのか」

ツルハシを光の部分に振り下ろす作業を何度か繰り返すと、ごろごろと表面が崩れる音と共にアイテム入手画面が表示された。

入手［鉄鉱石］［石］［石］

まぁそうすぐには出ないか。

店売りを買っても良かったが、採掘術によっても低確率で手に入れられるらしい。

元々単純作業みたいなのは好きだった俺はその後もくもくと鉱石を掘り続けていき、数分経った頃にやっとお目当ての物が入手できた。

入手［古びた魔石］［古びた魔石］

「これが素材かな？」

くすんだ色のその球体を指でつまんで持ち上げ、洞窟入り口から差し込む光に当ててみる——と、うっすらと違う色を覗かせているのが分かる。

どうやら名称は同じでも色は違うらしい。

とりあえずどんな色があるか掘るだけ掘ってみるか。

不思議と眠気《ねむけ》がないもので、しばらく鉱石を掘り続けてみた。結果、全部で26個の古びた魔石と他多数の鉱石を手に入れることができた。

古びた魔石の色は赤が6つ、青が4つ、オレンジが3つ、黄色が7つ、緑が4つ、黒が2つで、大きさはペットボトルのキャップくらいだ。

召喚の際に魔石がどの程度必要になるかは完全なランダムらしい……けど、このくらいあれば流石《さすが》に足りるだろう。

「さて、始めますか」

ということで実験開始。

さっそく地面に魔石を並べていく。

メニュー画面からステータス画面へ移動、そして［技術者の心得 Lv.4］の下にある＋のマークをタップ。ずらりと並ぶ一覧の中から、新しいスキルを習得した。

『［魔石加工］を取得しました』

俺が新しく取得したスキルは、その名の通り魔石を加工するためだけのスキルらしい。

アイテムボックス内に追加された［粗末なヤスリ］を装備し、腕まくりをする。

「うし、磨《みが》くぞー！」

古びた魔石の汚れを落とすようにして丁寧にヤスリで擦《す》っていく。

お、これにも技術者の心得が適用されるのか。タイミングが要求される作業全部に反応するなら汎用性《はんようせい》高いぞこのスキル。

心なしかちょっと綺麗《きれい》になった？　かな？

あっ、擦りすぎて魔石が砕け散った。

レベルが低い弊害《へいがい》か……慎重にいこう。

β時代──召喚獣のコストとなる魔石を加工できるスキルということで、召喚士にとって魔石加工は割と注目されていたスキルでもあったらしい。

しかし、生産職プレイヤーの何名かが召喚士を相手に商売を考えこのスキルを取ったものの、完成品を使っても召喚獣の親密度に変化は見られなかったようだ。

作業にかかる時間や他に用途がないこと、店売り品のコスパも相まって早々に見限られた不《ふ》憫《びん》なスキルのようだ。

てな感じの召喚士ヒストリーを見た俺は、単純に「採掘・加工を全部召喚士自身がやったら召喚獣との親密度はどうなるのか」と謎に興味が湧いて今にいたるわけだ。

ただ――

「戦闘職なのに生産系スキル3つも取らなきゃなのは痛すぎるよなぁ」

合計10個しか取れないスキル枠。

戦闘で全く使えなそうなスキルで圧迫するのは、いくら召喚獣の親密度に変化があってもスキル3つ分の価値があるかといえば微妙な所だろうな。

まあいいんだ。

俺はのんびりやれればそれでいい。

「と、まぁこんなもんか」

なんやかんやで半数は失敗により無に帰《き》してしまったが、なんとか［綺麗な魔石］を13個完成させることができた。

額の汗を拭《ぬぐ》い、そのひとつを光にかざす。

赤の魔石は宝石のように輝いていた。

不思議なことに中で赤色の煙のようなものが漂っているように見える――が、この煙がいわゆる魔力で、魔力を秘めた石＝魔石ということらしい。

これだけで達成感あるな。

「おっ、召喚可能になってるな」

古びた魔石だった時は黒くなっていた召喚術の名前が白く点滅している。加工したことで魔石として認識されたようだ。

［召喚獣について］召喚士の武器であり、家族となる存在です。戦わせることを躊躇《ためら》う必要はありません。彼らは戦うことが自身の存在意義だと認識しています。親密度が低いと命令無視・契約破棄される可能性があります。まずは散歩や食事から親密度を上げるといいかもしれません。召喚獣は気まぐれで、あなたに怒ったり、擦り寄ったり、助けたりする時もあります。彼等はあなたと一緒に成長し、世界を知ることでしょう。

β時代の情報通り、親密度が低いと契約破棄の可能性はまだあるみたいだな。

知らない奴《やつ》に呼び出されていきなり「戦え」って命令されてもそりゃあ従えないよな。

β時代のテイマー系やサモナー系は、自分の相棒と散歩や食事するのに時間をとられ戦闘に出せたプレイヤーは多くなかったという。それだけ親密度が上がりにくいということらしい。

『このゲームは一緒に冒険したり飯食べたり遊んだり会話したりできる〝家族〟も作ることが

できるんだとさ』
謙也の言葉が蘇《よみがえ》る。

家族、家族か――

「我が呼び声に応えよ　召喚！」


召喚術発動のテキストを読み上げると同時に、俺の周囲には赤色の魔法陣が描かれていた。

そしてそれに応じるようにして、赤色と黒の魔石が光を放ち、宙に浮く。

召喚獣には様々な種類があると言われた。

犬、猫、馬、竜、機械、人……etc.

生き物を飼った経験はないし、ましてや両親がいなくなってから人と一緒に過ごすこともほぼなかったな。

[条件を満たしました。称号：召喚士の開拓者　を取得しました。称号は自動的にセットされます]

「ん？」

なにか見えたが光のせいで読めん。

その間にも光は形を成《な》していき、それは小さいながらも人の像を形作ってゆく。

「子供……？」

そこにはダークレッドの長い髪に、羊《ひつじ》にも似た丸みのあるツノを持つ女の子がいた。

赤の瞳《ひとみ》で俺を見つめながらゆっくりと地上に降り立つ。

飾り気のないダークレッドのワンピースに身を包んだその子は、表情を変えることなく、ただじっと俺を見つめている。

人型か。人型って割とレアなんだっけ。

人型は賢いゆえに親密度も上げにくいとも聞く。

えーと、子供と対峙《たいじ》する時は……。

膝《ひざ》を折って目線を同じにし、笑顔を作る。

怖がられたりしない、よな？

「はじめまして。俺は召喚士のダイキ。よろしくな。えーっと……」

女の子の表情は相変わらずの無である。

名前、名前だよな。付けなきゃだよな。

動物型ならポチとかラッキーとかすぐ思いついただろうに、まさか女の子が現れるとは思ってなかった。

幼いながらも整った顔立ち。

やはり彼女のそのダークレッドが印象に強く残るから――

『お父さん、これなんてお花？』

はるか昔の記憶。家族で唯一行った旅行先の植物園で見たその花は、生前父が好きだった花だと後になって知った。

『綺麗な色だな。暗い赤、大人の色だ』

『大人の色？　よくわかんない』

『大樹が大人になったら分かるかもな』

『なにそれー！　ずるい！』

『ははは！　で、この花はな――』

「君の名前はダリアだ。よろしく、ダリア」

無表情で俺に頭を撫でられながら、ダリアは無言だったけど、その目はしっかり俺を捉《とら》えていた。

第2章 ✦ 召喚獣ダリア

体育座りの形で地面へとしゃがみ、転がる魔石を指でつつくダリアを横目に、俺は彼女のステータスを確認した。

ダリア
召喚獣　Lv.1
親密度　12/200
魔族
女
満腹度　78%
体力_10
魔力_10
物理攻撃力_10
物理防御力_10

魔法攻撃力_100
魔法防御力_10
回復魔法力_10
支援魔法力_10

「魔族か。魔族ってプレイヤーの種族で見るとレアなんだっけ」

機人族、竜人族、天使族、魔族の4種類はキャラクター作成時の〝ランダム選択〟にて超低確率で得られる種族らしい。

種族性能については他の種族よりもステータスが高いが、就ける職業や取得できるスキルが少なくなるというデメリットもある。

ビジュアル的な変化もあり、ダリアには耳の上から太いツノが生えている。

「とりあえず親密度について掲示板に情報を流して、と。問題はこっちか」

特に異彩を放つのはステータス部分。

ステータスは魔法攻撃力に極振《きょくふ》りだが、数値が異様に高い。

俺のキャラメイク時に振り分けられるポイントは80だったのに対し、ダリアのポイントは合計すると170もある。

単純に、極振りで伸ばしている魔法職レベル15相当の数字だ。

召喚獣だとこの位が適正なのか？

個体によって様々とか書いてあったけど、ダリアの数字も常識の範囲内なのだろうか。

「スキルは……」

ついでにスキルも確認。

［炎属性魔法　Lv.1］［闇属性魔法　Lv.1］［魔法才能　Lv.1］［魔力吸収　Lv.1］［寵愛《ちょうあい》　Lv.1］
［怒りの炎　Lv.1］　未解放4

炎属性魔法と闇属性魔法は読んで字の如《ごと》く、その属性の魔法が扱《あつか》えるようになる。

魔法才能は攻撃魔法を扱う上で絶対に必要な職業スキルと同じもの。魔法威力上昇、魔法コスト減少、適性武器使用時能力増加の効果がある。

魔力吸収は倒した相手、食べた物から魔力を吸収し魔力を回復する。対象物によって数値が変動するらしい。

寵愛は［称号：召喚士の開拓者］による特典で自動取得。多くの愛を受け、すくすく育つ。親密度上昇率増、というもの。

怒りの炎は召喚者の残りＨＰに反比例して攻撃力が上がるスキルのようだ。

「とりあえず現状覚えているのは6つか。聞いていた情報よりずっと少ないな」

ステータスが高い分少ないのかな？

未解放という表記だからいつかスキルが増えることを期待しておこう。

［称号：召喚士の開拓者］召喚獣の心を開いた最初の召喚士に与えられる称号。親密度上限増加。親密度上昇率増加。召喚獣が［寵愛］スキルを取得。

「じゃあ試《ため》しに平原で――お、おい!!」

見ると魔石をボリボリと食うダリアの姿があった。もうすでに何個か食べたようで魔石の数が合わない。

「飴玉《あめだま》みたいに食ってるけど石だぞ」

ダリアは相変わらず無表情だが、頬《ほお》に魔石を詰めてこちらを見上げている。

召喚の際に消費するくらいだから召喚獣が取り込んでも問題ない、のかな？

まさか子供を召喚することになるとは。

現実世界での関わりも皆無《かいむ》で、正直どう扱えばいいか……。

「行くか」

歩き出す俺。

動かないダリア。

「どうした？」

ダリアのいた場所に戻り、しゃがんで顔を覗《のぞ》く。

相変わらずの無表情。

なーにを考えているのやら。
まさか魔石で食あたりか？　などと考えている間にダリアが初めて歩き出す。
てくてくてく。
俺の後ろまでやってくる。
のっしのっし。
よじ登る。
肩車の位置に収まった。
「…………」
無言で立ち上がる俺。
ダリアはしっかりと頭に手を置いている。
子供ってこれが普通？　いや、絶対違う。
子供ワカラン。
「……行くか」
ペチペチと頭を叩《たた》かれる。
行けってことかい。そーかいそーかい。

＊＊＊＊＊

平原は相変わらずの賑《にぎ》わいを見せている。

俺とダリアは適当に人のいなそうな場所に待機し、近くにモンスターが湧《わ》くのを待った。

「お。きたきた」

目の前に湧くネズミ型モンスター。

この世界で恐らく最弱のモンスターであるナット・ラットだ。

「俺が先に戦闘してみるから、ダリアはここで一度見学——」

掌《てのひら》の上で回るように赤色の魔法陣が現れ、一瞬にして炎が形成される。

「ダリアが炎の槍《フレイム・ランス》を発動！」

ゴウッ!!　ズパンッ!!

「ナット・ラットに170ダメージ！」

「ナット・ラットは倒れた」

顔の上を火炎が飛び去り、それはナット・ラットに命中し爆散《ばくさん》した。俺の画面には戦闘勝利報酬であるお金や素材、経験値が表示されている。

「…………」

魔法攻撃力極振りは伊達《だて》じゃねえ。

戦闘でのダメージ選出計算式は簡単で、攻撃側の物理攻撃力・魔法攻撃力に技の威力などを合わせた数値を、防御側の物理防御力・魔法防御力に防御技などを合わせた数値と引き算し、攻撃側の数値が高ければそのままＨＰを減らすことができる。

ゴウッ！　ビュン！

ゴウッ！　ビュン！

掌に炎を集め、放つ。

頭の上から赤色と黒色の魔法が交互に飛び、ナット・ラットが次々に爆散してゆく。

あ、レベルアップ。

ダリアの暴力的な魔法攻撃力に加え、それぞれの魔法に備わっている威力も合わされればナット・ラットになす術《すべ》はない。その上［魔力吸収］のスキルにより、倒すことで魔力の回復までしている。

死角なしかよ。

「行けるとこまで行ってみるか」

ペチペチ。

OK、了解ってことね。

俺達は適当に湧いてくるラットを倒しながら、町から離れる方向へ平原を進んだ。

頭の上の大砲が全てを蹴散らしていく。

やることがない俺はスキル一覧をスクロールしてゆく。

取得済みは体術、鉱石採掘術《さいくつじゅつ》、技術者の心得、魔石加工の4つ。

取得できるのはあと6つだ。

「当初は俺が前線で耐えて召喚獣にチクチク攻撃してもらう予定だったけど……ならコレとあ

とコレも……」

選んでいるうちに深い森が見えてきた。

平原も出てくるモンスターの強さはまちまちだが、はじまりの町から離れるほど強くなる

──しかし、いくら進んでもダリアの攻撃を一撃以上耐えられるモンスターが出てこない。

［迷いの森　適正Lv.10］

ダイキ　Lv.5

ダリア　Lv.4

「行くか？」

伝わるだろうと説明を省《はぶ》く俺。

ペチペチといつもの返答。

俺はそのまま森へと進んでいった。

＊＊＊＊＊

迷いの森。

鬱蒼《うっそう》と茂った木々に日の光が遮断され、暗いのはもちろん、何者かに見られているような圧迫感を覚える場所だ。

風で揺《ゆ》れた葉が擦《す》れる音や、虫の羽音。踏みしめる足の裏の感覚も非常にリアルで、芝生《しばふ》だった平原に対して、ここは濡《ぬ》れた枯葉《かれは》や柔らかい土といった感じだ。

演出が細かいな。

ここがゲーム世界だということを忘れそうになる。

周りから鳥の鳴き声も聞こえる。

獣《けもの》の唸《うな》り声《ごえ》も混ざっているようだ。

「こんな時はマップ機能が便利だな」

視界の左上に表示された白いマップが、俺達が進むにつれ開拓されその地形を描いてゆく。

少なくとも来た道が分からなくなることにはならなそうだ。

「分岐《ぶんき》が多いなぁ」

問題は常に枝分かれする細道の多さ。

全ての道を網羅《もうら》するには途方《とほう》もない時間がかかりそう。

周りを取り囲む唸り声が近付いてくる。

マップには敵を表す〝赤点〟が表示され、俺達の周りに5体の何かがいるのが見てとれる。

「さて、どんな感じかな」

俺はスキル取得に伴い新しく手に入れた粗末《そまつ》な盾を構え、盾術の技《アーツ》を発動させた。

『こっちだ！』

［ダイキが挑発を発動！］

俺の声に連動しビリビリと空気が震え、茂みの中から真っ赤な瞳《ひとみ》の狼《おおかみ》が飛び出した！

［ダリアが炎《フレイム・》の檻《プリズン》を発動！］

俺達の周囲に火柱が現れうねりを上げる。

飛び掛かってきた狼達が炎に焼かれた！

［ナット・ウルフAに225のダメージ］

［ナット・ウルフBに219のダメージ］

［ナット・ウルフCに230のダメージ］

［ナット・ウルフDに221のダメージ］

［ナット・ウルフA〜Dは倒れた］

［ダイキは6にレベルアップ！］

［ダリアは6にレベルアップ！］

まさに一網打尽《いちもうだじん》の威力！

4匹の狼が溶けるように姿を消しレベルアップを告げる音が鳴る——遅れて飛び出した最後の1匹の爪を盾でしっかり受け止める！

［ナット・ウルフEの飛び掛かり！］

［ダイキに8のダメージ］

視界がぐらりと揺れ、体力が減る。
盾＋物理防御を貫通してもこの威力か。
ダリアの体からは赤色のオーラが迸《ほとばし》り、燃えるその瞳はどこか獣を彷彿《ほうふつ》とさせた。
［ダリアの怒りの炎が発動！］
［ダリアの攻撃力が上昇！］
［ダリアが闇の手《ダーク・ハンド》を発動！］
俺の頭上に巨大な黒色の手が形成されてゆく。
ダリアが同じようにして手を挙げている。
鉤爪《かぎつめ》を持ったそれは勢い良く振り下ろされた。
［ナット・ウルフEに422のダメージ］
［ナット・ウルフEは倒れた］
ズズン！　と、凄《すさ》まじい音と共にナット・ウルフは潰れて死んだ。
「めちゃめちゃな威力だな……新技？」
ダリアからの反応はない。
スキル詳細から見る限り、闇属性魔法がレベル5になった時に覚えた魔法のようだ。
敵の体力がどの程度なのか分からないが、初期からあるダリアの魔法（炎の槍《フレイム・ランス》、炎の檻《フレイム・プリズン》がそれに当たる）でも一撃で倒せてしまう。今の新技なんかを使えば更に強い敵でも問題なさそうだな。

「どちらかといえば俺の耐久力に難ありか」

貧相な盾を眺《なが》めながらひとりごちる。

ナット・ウルフの攻撃を盾で受けてもダメージがあるのも、恐らく装備性能が大きな理由だ。ボーナス分のステータスを振ってないのもあるが、装備が初期のままなのが痛い。

「しばらくはコレで騙《だま》し騙しやるか」

言いながら、俺は杖《つえ》を取り出す。

「ダイキが小さな鼓舞《ファイト》を発動！」

「300秒間ダイキの全ステータス＋3」

「300秒間ダリアの全ステータス＋3」

橙色《だいだいいろ》の＾マークが俺とダリアを包み込んだ。

職業スキル
召喚士（杖術《じょうじゅつ》、召喚才能、召喚士の心得）

自由スキル
技術者の心得
騎士の心得
支援魔術士の心得

体術
盾術
支援魔術
採掘術
魔石加工

俺が新たに取得したスキルは全部で4つ。

［騎士の心得］鎧《よろい》、防具、盾を装備できるようになる。常時ダメージカット率＋15％、消費魔力減少、クールタイム減少、鎧防具に補正、盾装備に補正。

［支援魔術士の心得］魔胴衣、魔器を装備できるようになる。強化値増加、減少値増加、消費魔力減少、詠唱《えいしょう》短縮、クールタイム減少、杖装備に補正。

［盾術］盾の技を使えるようになる。

［支援魔術］味方の強化と敵の弱体化の魔法が扱えるようになる。

これらが道中取得したスキル。

ダリアが戦いやすい環境を整えるのが俺の役目であり、ダリアのステータスを伸ばしつつ、相手の攻撃は全て受け、隙《すき》を見て相手を弱らせる。

とはいえ――

「めちゃめちゃ器用貧乏だなぁ」

取得済みスキルを見て俺は思わず苦笑した。

現在の俺は召喚士であり、サブ職業として盾役であり、支援役でもある。

一見万能そうではあるがこれにはしっかりとデメリットが存在する。

たとえば俺と本職の盾役とを比べると、技の性能にかなり隔《へだ》たりがある――その理由として、このゲームには〝元々の職業のみが持つ天性の才能〟というルールがあり、才能がないサブ職業は極められないという制限があるからだ。

具体的に言うと、職の才能を開花させるための［〇〇才能］というスキルがあるかないかの差だ。

〇〇才能は職業スキルに組み込まれるから自由に取れるスキル欄には存在しない。〇〇才能を持たないプレイヤーは技の性能が落ちるというデメリットに加え、専用クエストや職業ボーナスなどの様々な恩恵《おんけい》全てが受けられないらしい。

さらに言えば、ひとつ役割を増やすためにスキル枠を1～3前後埋めなければならない。俺は余分なスキルをすでに2個取っているからかなりキツキツになっている。

「転職するときに妙《みょう》な職業でてきそうだな」

数少ないメリットの中に、他職業の心得を持っている場合、転職で新しい職業が出現する可能性があるというのがあるようだ。

残りスキル枠2つは空《あ》けてある。

「まあいいか。どんどん行こう」

謙也《けんや》との集合時間も迫っている。

装備も初期の物で回復アイテムも少ない状態。歩いて戻るのも面倒だからデスポーン《死に戻り》までの旅になるかな――

しばらく進んでいく間に、エリア分岐までやってきた。

[川沿いの道　適正Lv.15]
[森の中心部　適正Lv.20]
[木漏《こも》れ日《び》の道　適正Lv.13]

エリア分岐は道の分岐とは違い出てくる敵の質と種類が大きく変わるそうな。ちょうど、はじまりの平原から迷いの森に移った時と同じ感じだ。

「どうする？」

俺の問いにダリアの反応はない。

川沿いの道に視線を向けると、ダリアはペチンと頭を叩く。

「こっち？」

森の中心部へと視線を向けるとダリアはペチペチと頭を叩き、木漏れ日の道へと視線を向けるとダリアはペチンと頭を叩いた。

１回は否定で、２回が肯定ね。

俺は森の中心部へと足を進めた。

頭がペチペチと叩かれた。

＊＊＊＊＊

森の中心部は流石《さすが》に強敵揃《ぞろ》いだった。

森の入り口周辺で見た小型の獣モンスターとは違い、熊や虎に似た大型のモンスターが多く出現している。レベルも適正に違《たが》わず18～22といった印象だ。

［ダリアが炎の槍《フレイム・ランス》を発動！］

［森のウル・ベアに398のダメージ］

［ダリアが炎の獣《フレイム・ベル》を発動！］

［森のウル・ベアに709のダメージ］

［森のウル・ベアは倒れた］

「ダイキは15にレベルアップ！」

「ダリアは15にレベルアップ！」

ズズゥンと地面に沈む大きな熊。

流石にこのレベル帯は一撃で倒せなくなっているが、距離のあるうちに炎の槍《フレイム・ランス》での先制攻撃＋炎の獣《最大威力魔法》の2発で大抵の敵は倒せている。

ちなみに、炎の獣《フレイム・ベル》の一撃では倒せなかった。

炎の槍で約400。

炎の獣で約7000だから、敵の体力は800〜1000の間くらいだと考えられる。

「ついに回復アイテムが残り1本……」

初期で配られる青の下級回復薬《魔力回復》が底をつき、赤の下級回復薬《体力回復》も残す所1本のみだ。

ペチペチ。

「ん？」

おもむろに頭を叩かれ顔を上げると、しばらく進んだ先に開けた空間があるのが見えた。左上のマップからも円状の空間があるのが見て取れる。

何かあるな。

「死に場所が見つかった予感」

やっと町に戻れるという解放感を抱きながら先へと進むと、薙《な》ぎ倒《たお》された木々で広いサークルが形成された場所に出た。

その中心で寝息を立てる巨大な肉塊。

ツヤのある赤色の毛並みと隆々《りゅうりゅう》の筋肉。

規則正しく揺れるそれは4メートルはありそう。

傷だらけの太いツノが2本、三又《みつまた》の尻尾《しっぽ》。

山のような大きさの牛だ。

【森の王ド・ギア　Lv.20】#BOSS

しかも初めて遭遇するボスモンスターだ。

これは勝てないな。

「適当に負けて帰ろっか」

死に戻りして、謙也と合流して、拾ったアイテムを売ったりしながら装備を整えて、機会があったら倒しに来ればいいだろう――などと考えている間に俺の頭上から燃え盛る獣が放たれた。

赤色の狼の形をしたソレが森の王の首元に食らい付くと、森の王は雄叫《おたけ》びにも似た叫び声をあげ立ち上がった！

［ダリアが炎の獣《フレイム・ベル》を発動！］

［森の王ド・ギアに475のダメージ］

［森の王ド・ギアが怒りの咆哮《ほうこう》を発動！］

［森の王ド・ギアの物理攻撃力が上昇］

［森の王ド・ギアの物理防御力が上昇］

ダリアの最大威力の魔法でも475しか出ない……ボスは格が違う。

ペチン。

一撃で倒せないことに怒ってるのか？　相手はボスだしレベル差を考えても仕方ないのだが……。

赤色のオーラを纏《まと》ったその巨大な牛が猛進してくる――俺は盾術の技にある［岩の盾］を発動させ、どの程度ダメージを軽減できるかを試すことにした。

「盾受け＋防御力最大値の技で体力がどれだけ減るか」

当然一発ＫＯだろうけど、数字が出れば今後の参考にもなるだろう。

インパクトの直前――俺の体が宙に浮く！

森の王はそのまま巨木に激突し、巨木はメキメキと音を立てて薙ぎ倒されていった。

「えっ？」

俺の横にダリアが転がっていた。

直撃の寸前、ダリアが俺を逃したんだ。

ダリアの体力は2割ほどまで減っている。

掠《かす》っていたんだ。

「？　なんでそんな……」

指示はしてないのに。

そこまで言いかけた俺は、召喚獣に関する説明文を思い出す。

［召喚獣について］召喚士の武器であり、家族となる存在です。戦わせることを躊躇《ためら》う必要はありません。彼らは戦うことが自身の存在意義だと認識しています。親密度が低いと命令無視・契約破棄される可能性があります。まずは散歩や食事から親密度を上げるといいかもしれません。召喚獣は気まぐれで、あなたに怒ったり、擦り寄ったり、助けたりする時もあります。彼等はあなたと一緒に成長し、世界を知ることでしょう。


「俺を助けたのか……？」

仰向《あおむ》けのまま無表情のダリア。

その手は力なく地面をペチペチと叩いた。

なんだ――なんだこれ。

ゲーム、ゲームのキャラが自分の意思で？


――この世界は『生きている』。

単なるゲームじゃなくて、データじゃなくて……生きてるんだ。キャラ達も、ダリアも。

「悪かった」

もう死に戻りすればいいとか、つまんないことは言わない。

ダリアを肩車して、盾を構える。

ボス部屋は倒すか死ぬかしなければ出られない。

森の王が迫る――その刹那《せつな》、
猛々《たけだけ》しいそのツノに僅《わず》かに光が現れた。

大きく、小さく、大きく。

恐ろしく速く点滅する光。

「速い、速いけどこれは……」

技術者の心得が反応している？

「今っ！」

パァン‼

弾《はじ》けるような音と共に、森の王が大きく仰《の》け反《ぞ》った。ダリアから放たれた炎の獣《フレイム・ベル》が食らい付き、凄まじい数字を叩き出した！

［ダイキが盾弾き《シールド・パリイ》を発動！］

［ダイキの盾弾き《シールド・パリイ》が成功！　味方の攻撃にボーナスが付きます］

［森の王ド・ギアが硬直状態《スタン》になりました。次の攻撃は確定でcriticalになります］

［ダリアが炎の獣《フレイム・ベル》を発動！］
［critical!　森の王ド・ギアに1165のダメージ］
森の王の頭上にある体力バーを見る限り、今の攻撃で3割程が一気に削れた！
［盾弾き《シールド・パリイ》］敵の攻撃の軌道とタイミングに合わせ、盾で弾く。成功すれば次の攻撃に大きなアドバンテージをもたらすが、失敗すれば体で攻撃を受けることになる。
森の王は仰け反ったまま動かない。
ダリアから再び炎の獣《フレイム・ベル》が放たれた！
［一度に大きなダメージを負ったことにより、森の王ド・ギアが硬直状態《スタン》になりました。次の攻撃は確定でcriticalになります］
［ダリアが炎の獣《フレイム・ベル》を発動！］
［critical!　森の王ド・ギアに673のダメージ］
最初の攻撃も合わせて森の王の体力は半分削れている。森の王は俺達をギロリと見下ろし、巨大な蹄《ひづめ》を叩き下ろす。
これも盾弾き《シールド・パリイ》で――!?

蹄は俺達を踏み潰すためではなかった。

俺達の遥《はる》か前方で地面に叩き付けられたその蹄が大地を揺るがし、俺は足の踏ん張りが利かずその場にへたり込む。

森の王は再び蹄を振り上げた。

この体勢から盾弾き《シールド・パリイ》は無理だ——

「すまんっ！」

ダリアを摑《つか》んで後ろへ投げる。

［ダイキが光の盾を発動！］

［ダイキが鋼の心を発動！］

森の王と俺の間に半透明の盾が出現。

そして俺の体が鈍色《にびいろ》に変色していく。

［森の王ド・ギアの踏み付け！］

［ダイキに287のダメージ］

ガラスが割れたように盾は破壊され、蹄は俺を吹き飛ばし、地面を穿《うが》つ。

俺はちょうどダリアの横に転がった。

「よ。これで貸し借りなしだな」

ダリアがペチンと頭を叩いた。

［光の盾］発動から2秒間、敵の攻撃を10％ダメージ軽減する盾を生成する。耐久値を上回る攻撃を受けると残り時間に関係なく盾は消える。盾が破壊された場合、使用者に5％ダメージ軽減／30秒の魔法をかける。

［鋼の心］発動から8秒間、大きなダメージを受けても硬直状態にならない。

光の盾でダメージ軽減しても400ある体力の半分以上がもっていかれた。鋼の心の次回発動可能時間《クールタイム》が120秒だから、さっきみたいな大技を使われたら硬直状態《スタン》を防ぐことができない。

ダリアの怒りの炎も発動している。

光の盾の効果があるうちに一気に決めたいな。

「盾弾き《シールド・パリイ》を成功させるしか勝ち筋ないのか……」

なんだろうか、この気持ち。

久しく忘れていたこの気持ち。

なんか俺、今わくわくしてる。

俺は残った赤の回復薬を使い果たし、ダリアはのそのそと背中をよじ登り定位置につく。

「望む所だ」

雄叫びをあげる森の王に向かい、盾を構えた。

＊＊＊＊＊

森の王の行動パターンが変化した。

今までは雄叫び（ステータス増強）、突進、踏み付けの3つだったものが、ツノで掬《すく》い上《あ》げるような行動も増えている。

「残り体力と経過時間に比例して変わるとか言ってたな……！」

紙一重で避《よ》けられているのは体術スキルのおかげ。俺はひたすら攻撃を避けながら、その時を待つ。

「ダリアが闇の手《ダーク・ハンド》を発動！」

「森の王ド・ギアに307のダメージ」

前足で踏ん張るモーション。

掬い上げか！

バックステップでその場から離れると同時に、森の王のツノが恐ろしい速度で通過。手応《てごた》えがないのを察してか、森の王は地団駄を踏んでいる。

来る——！

森の王が勢いそのままに突進を繰り出す。

俺が盾弾《シールド・パリィ》きの意思を示すことで技術者の心得が発動、光が激しく点滅を始める。

「ここッ！」

俺の胸元まで迫る森の王の頭部。

俺の腕は、ようやく盾を振り上げている。

迎え撃とうと意気込む時の中――俺の直感が何かを告げた。

間　に　合　わ　な　い

ズンッ!!
森の王の体が一瞬、止まったように見えた。
［ダリアが闇の手《ダーク・ハンド》を発動！］
［森の王ド・ギアに295のダメージ］
黒の手が森の王を押さえ付ける。
振り上げた盾と光の点が交差する――
パァァァアン!!
［ダイキが盾弾き《シールド・パリイ》を発動！］
［ダイキの盾弾き《シールド・パリイ》が成功！　味方の攻撃にボーナスが付きます］
［森の王ド・ギアが硬直状態《スタン》になりました。次の攻撃は確定でcriticalになります］
森の王は体を仰け反らせて硬直。

「ダリア！　頼む!!」
俺は思わず叫んだ。
ダリアは既に魔法を発動させていた。
［ダリアが炎の獣《フレイム・ベル》を発動！］
［critical!　森の王ド・ギアに1375のダメージ］
森の王の体力ゲージが大きく削れた——！
ダリアの右手に再び炎が灯《とも》る。
［一度に大きなダメージを負ったことにより、森の王ド・ギアが硬直状態《スタン》になりました。次の攻撃は確定でcriticalになります］
［ダリアが炎の獣《フレイム・ベル》を発動！］
［critical!　森の王ド・ギアに777のダメージ］

［森の王ド・ギアは倒れた］

激しい炎に抱かれ森の王は倒れ伏す。
その体が砕けるように消えてゆく。

［おめでとうございます！　プレイヤー　ダイキ　が、迷いの森のボスを撃破しました。風の町が開拓されます］

森の王が消えた場所に並ぶような形で、赤、青、黄色の光が天に向かって伸びている。

それは小さな箱だった。そこにはそれぞれ［初個体撃破報酬］［撃破報酬］［MVP報酬］と書かれており、遅れて俺達のレベルアップ画面が表示された。

俺は大の字に倒れ、空を見上げる。

七色の星と、美しい竜が遠くに見える。

「すっげぇ……このゲーム」

この高揚感。

この達成感。

この充実感。

心臓が激しく脈動するのが伝わる。

「ナイスアシスト」

横で同じように寝そべるダリアにそう伝えると、顔こそ見えなかったが、地面を二度叩く音はしっかり聞こえてきたのだった。

＊＊＊＊＊

開けた空間の先へと進むと、風車付きの家々が立ち並ぶのどかな町が広がっていた。

行き交う人々は全員がＮＰＣで、プレイヤーで溢《あふ》れるはじまりの町とかなり印象が違って見える。

「一番乗りってのも悪くないな」

ダリアを肩車《定位置》に乗せしばらく町を散策した俺は、町の中央にそびえる石のモニュメントを見上げた。

「風の町モニュメント」魔法陣に自分の魔力を登録することによって、既に登録済みの町へといつでも転移することができるようになる。

不思議な模様が刻まれた石。

石の周りには緑色の光がいくつも浮遊しており、俺が手をかざすと、その光が体の中へと入っていった。

「新しい町の登録もこれで完了っと」

ようやく一区切りといった所か。

謙也との待ち合わせ時間はとっくに過ぎているのだが、事情を話せば分かってくれるだろう。

＊＊＊＊＊

【地雷職】召喚士について語るスレ１０【転載禁止】

1.名無し召喚士
http://＊＊＊＊＊＊＊＊↑最初
http://＊＊＊＊＊＊＊＊↑前スレ
過疎ってたのに謎の召喚士の一言で祭り状態になって既にスレ１０な件

2.名無し召喚士
>>1乙

召喚士の時代来たな
前スレ見てないけど

3.名無し召喚士
>>2 召喚士やりたい気持ちがあるなら見とけ後悔するぞ

4.名無し召喚士
あの後《あと》前スレの>>682 が採掘術の必要ない説立証してから召喚士が増える増えるw

5.名無し召喚士
公式見たけど、日本鯖《さば》での召喚士の数があの投稿を境に5倍近く増えてて草

6.名無し召喚士
で、2スレの>>104 って結局何者?
俺は運営の回し者だと思ってる

7.名無し召喚士
>>6 魔石加工とか召喚士のためのスキルっぽいし、遅かれ早かれ見つける人はいたと思うよ

8.名無し召喚士
親密度マジで10超えてるよおおお

9.名無し召喚士
ぼきの逃亡した猫ちゃんに試したかった……

10.名無し召喚士
で、お前ら呼べたの？　幼女様

11.名無し召喚士
幼女様とは？　すごい興味ある

12.名無し召喚士
危険な好奇心だが仕方ない
http://＊＊＊＊＊＊＊＊＊

ほらよ

13.名無し召喚士

>>12 これマ？

14.名無し召喚士

>>12 肩車とか許されるのかよ…

15.名無し召喚士

ちょっと召喚士になってくる

16.名無し召喚士

>>12 召喚獣ってこんな可愛《かわい》い幼女まで呼べるわけ？　運営力入れすぎだろ

17.名無し召喚士

尚《なお》、誰《だれ》も幼女を引き当てた者はいない模様

18.名無し召喚士

石の町で見かけた戦乙女《いくさおとめ》っぽい召喚獣もぐうかわだった

19.名無し召喚士
>>18 無能

20.名無し召喚士
実際この>>104 は親密度情報+幼女召喚+肩車イケメンで確定なわけ？

21.名無し召喚士
>>20　称号に召喚士の開拓者っての付けてたから結構有力らしいよ。○○開拓者《フロンティア》って称号は先駆けて何か発見したプレイヤーに与えられる

22.名無し召喚士
逃亡ラインを確定で回避できる親密度10スタートは控えめにいって大発見よ

23.名無し召喚士
うおおお召喚獣ガチャ捗《はかど》るぞおおお

24.名無し召喚士
採掘術まで取らされた奴《やつ》ら息してる?

25.名無し召喚士
鉱石けっこー貴重だからいいんだし怒

26.名無し召喚士
魔石加工で出た鉱石売る奴多そう

27.名無し召喚士
親密度が10から一向に上がらないンゴ…

28.名無し召喚士
>>27 名前つけてやったか?

29.名無し召喚士
>>28 極炎丸《ごくえんまる》ってぐう強そうな名前つけた

30.名無し召喚士
極　炎　丸

31.名無し召喚士
極炎丸ｗｗ

32.名無し召喚士
単純にその名前嫌ってるだけでは？

33.名無し召喚士
弱そう（小並）

34.名無し召喚士
極炎丸ちゃん親密度関係なく逃げ出しそう

【召喚獣】幼女様、爆誕《ばくたん》26【転載禁止】

1.名無し信者

http://************↑最初
http://************↑前スレ
http://************↑ 御尊顔
http://************↑ルールなど
：
：

506.名無し信者
幼女神様とかいうセンスの光る肩書き

507.名無し信者
ようじょの神様と読むのか
おさない女神様と読むのか

508.名無し教祖
天使なのか悪魔なのか

509.名無し信者
教祖の鼻の穴膨《ふく》らんでそう

510.名無し信者
>>509　衣替え写真見てから鼻息荒くしてる

511.名無し信者
http://＊＊＊＊＊＊＊
お義父《とう》さんが町解放しとるど

512.名無し信者
イケメンお義父さんは戦闘も強かった…？

513.名無し信者
お義父さんってなんぞ

514.名無し信者
>>513　仮に我々が幼女神様と結婚した場合のお義父さんにあたるから

515.名無し信者
きもすぎて草

516.名無し信者
くそきも理由ほんと好き

517.名無し信者
開拓のワールドチャットが個人名ってことはソロ攻略ってこと?

518.名無し教祖
「ソロかパーティにプレイヤーがひとりだけ」の場合に限る

519.名無し信者
流石に詳しいな

520.名無し教祖
教祖だからね

521.名無し信者
意味不明で草

522.名無し信者
そこはギルマスの方を誇れよ

523.名無し信者
幼女様って召喚獣なんだよな？　小さい体でボスと必死に戦う姿を想像しながらご飯を3杯食べました

524.名無し信者
もうやだこのスレ

第3章 ◆ 最初のご飯

はじまりの町――中央通り。

多くの店が立ち並ぶその道は、駆け出しプレイヤーにとって重要な施設が多く存在している。

たとえばクエストが受けられる［冒険者ギルド］もこの通りにあるし、生産職プレイヤーが共有して使える［工房］もある。

プレイヤーの露店も多く並ぶその道を、マップを頼りに進んでいく。

「工房、工房、工房、と……」

確か〝金槌《かなづち》とナイフが交差したエンブレム〟がアイコンの場所だったよな。

生産職プレイヤーは、好きな町に好きな土地を買い、自分のお店を開くことが一つの目標となる。しかしそれを達成するには当然、売れる商品を作る必要がある。

良い物を作るためには設備がいる。

しかしその設備にもまたお金がいる。

はじめたてのプレイヤーは当然お金がない。

そこで町の共有工房の登場だ。

ほとんどの生産職プレイヤーが最初は町の工房を借りて商品を作成していく。

生産職でゲームを開始した謙也《けんや》もまた、そういった背景から町の工房を拠点《きょてん》にしている。今も工房で装備作成中とのことだ。

「と、あったあった」

石造りの巨大な施設。

中では大勢のプレイヤーが忙《せわ》しなく作業しているのが見える。

「へえ……本当に設備充実だ」

鉄を打つプレイヤーの傍《そば》には小さな炉《ろ》が轟々《ごうごう》と火を吐き、その隣には簡素なキッチンで料理を作るプレイヤーの姿もある。

生産系スキルは一通りこの場所で上げられそうな感じかな。

「お、ダイキ！　こっちだこっち！」

そうこうしてるうちに、俺を見つけた謙也が遠くで手招きしているのが見えた。

「遅れて悪かった」

「いいよいいよ。事情は把握《はあく》してるし」

そう言っていつものようにはにかむ謙也。

アバターは現実の姿とそう変わらない感じだが、金属製の槌《つち》を持ち、タートルネックの黒ニットに大きい作業ズボン、エプロンという出立《いでた》ちである。

「黒髪に赤目って、カッコいい感じの色を選んだな」

「別にいいだろ。キャラクリエイトの自由さを尊重して何が悪い」

「へいへい。素材がいいと何色でも映《は》えてようございますね」

冷やかすような謙也――改め、プレイヤーネーム［ケンヤ］を諭《さと》すように叱《しか》りながら、その視線が俺の頭の上に注がれていることに気付いた。

「この子がダリア嬢か」

よろしくと挨拶《あいさつ》するケンヤ。

ダリアもどうやらお辞儀《じぎ》した様子。

「ダリア嬢はもちろんなんだけど、君らさっそく有名人よ」

「え？　なんで？」

ケンヤの目線の先を追うと、周りで作業していたプレイヤーの多くが俺とダリアを見ていることに気付く。

あぁ。女の子を肩車して連れ回してたら嫌でも目立つか。

「まぁダリアは可愛《かわい》いしな」

「え、あぁ、うん。ダイキがそんな感じになるの珍しいな」

「そうか？」

「だって人嫌いマンじゃん」

人聞き悪いこと言わないでほしい。

ケンヤは「有名な理由は別にあって」と、話を戻すように語り出す。

「まずその称号な」

「あぁ、この召喚士の開拓者ってやつ？」

「そうそう。ダイキが親密度の高い召喚獣の呼び出し方を投稿してから、けっこう掲示板で騒がれててな」

そういえば、ダリア召喚後に〝採掘術《さいくつじゅつ》＋魔石加工〟によって親密度の高い召喚獣が呼び出せた事をよかれと思って掲示板に書いたっけな。

「まずかったのかな？」

「いやいや、感謝されてたよ。んで、無償《むしょう》で情報提供したのは誰《だれ》なんだって話になった時に、やたら懐いてる幼女を連れたプレイヤーが［召喚士の開拓者］って称号付けてたから、そいつじゃないかって話になったわけ」

実際俺だから別にいいけどね。

「そんなこんなで、心ない人からプレイヤーネームとかも晒《さら》されるわけよ。んで、今回ワールドチャットで町開拓したことも流れたから一躍有名人ってことだ」

ボス倒すとワールドチャットに流れるのか……そういえばボス撃破の報酬確認してないな。

「そんなことよりボス倒した時のアイテムあるから見てほしい」

「そんなことって……まぁ、うん」

［山の王の杖《つえ》］＃初個体撃破報酬

分類：両手杖
体力＋30／魔力＋150／魔法攻撃力＋30／回復魔法力＋30／支援魔法力＋30
山の王ド・ギアの角を使った杖。大いなる森の魔力が蓄えられており、ド・ギアの核を合成することで真の力が解放される。

［山の王ド・ギアの核］ #撃破報酬
分類：素材
山の王ド・ギアの心臓であり、核。武器と合成する事で真の力を得ることができる。

［ナイトブリンガー］ #MVP報酬
分類：片手剣
物理攻撃＋15
騎士の鎧《よろい》をも貫くと言われる鋭い短剣。物理防御を無視した鋭い一撃［鎧貫《よろいぬき》］が使える。

この3つに加え、森にいたモンスター達の素材と山の王の素材も大量にアイテムストレージに収まっている。それらを見たケンヤは真剣な面持ちで口を開いた。
「この杖はやべぇな」
「やべぇとは？」

「そもそも〝初個体撃破報酬〟ってのがやべぇのよ。簡単に言えばプレミアだな。そのボスを初めて倒した人にしか貰《もら》えない特典で、性能もほら、段違いだろ？」

そう言って、ケンヤは作業台にシンプルなデザインの杖を置いた。

［霊木《れいぼく》の長杖＋2］
分類：両手杖
魔力＋12/魔法攻撃力＋10

「これが弱いってことはないのか？」

「一応これ俺の店の最高傑作な」

笑顔でそう答えるケンヤ。

「……なんかすまん」

「まあ強いかどうかでいえば微妙な所だろ。現状、プレイヤーが作れる武器や装備は低レベル帯ボスドロップの通常報酬とどっこいどっこいだから」

ケンヤの最高傑作は項目は違うもののMVP報酬のナイトブリンガーと近い性能であることが分かる。となると必然的に、この初個体撃破報酬がいかに高性能かも分かる。

「性能はまぁ……先に進めば強いのがどんどん出てくるわけで大したことじゃないけど、それでもこの杖があればしばらくは安泰《あんたい》だと思うよ」

生産職プレイヤーが太鼓判《たいこばん》を押す装備なら良い物をゲットしたと言っていいだろう。ダリアに装備させれば凶悪な威力の魔法が出そうだし。

「初個体撃破報酬ってのはボス一体につき一つしか出ない幻の装備だから、性能が悪かろうがグラフィックが一点物。蒐集家《しゅうしゅうか》からしたら垂涎《すいぜん》ものだな」

実に羨《うらや》ましい、と、唸《うな》るケンヤ。

「金に困ったら売ればいいってことか」

「うちに寄付してくれてもいいんだぜ？」

「宣伝用ってことならケンヤが作ったわけじゃないんだし意味ないんじゃないか？」

「ごもっともで」

暇《ひま》だったのか、肩車からスルスルと降りたダリアは、後ろに手を回してケンヤの作業台を眺《なが》めている。

無駄話はこれくらいにして会いに来た本来の目的を頼むことにしよう。

「それはそうと、迷いの森の素材で俺達の装備を作ってもらえないか？」

「そりゃもちろんいいよ。装備のリクエストはある？」

「んー」

ダリアの武器は初個体撃破報酬でいいとして、彼女の防具は必須だろう。俺は盾と杖、それと丈夫な鎧みたいな防具がいいな。

諸々《もろもろ》を告げ、ケンヤは「了解」と頷《うなず》く。

「素材は全部渡しておくとして、金額は？」

俺の問いにケンヤは肩をすくめる。

「まぁ素材は全部ダイキの持参だし、ボスの素材なんてなかなか扱《あつか》えないから無料でいいよ」

これから大変になる君達への餞別《せんべつ》ってことで、などと言うケンヤ。

「え、ラッキー」

「次からは金取るからな」

そんなこんなで交渉成立。

アイテムボックスにある素材をあるだけ全部ケンヤへ送信する――が、幾つかのアイテムは返却された。

「これは［食材］だから装備作成には使えない。不要なら売っちゃっていいと思うぞ」

「ふーん」

狼《おおかみ》の肉やら熊の肉やら、山の王の肉まである。後は調味料の原料になる植物や木の実など、意図せず結構手に入れていたようだ。

ケンヤは作業台にアイテムを具現化して並べながら炉に火を灯《とも》し、炉の前にのっしと腰掛ける。

「素材レベルも結構高いし、完成までだいぶ時間かかると思う。できたら電話機能で呼ぶからどっかで時間潰《つぶ》してきていいぞ」

「ん。じゃあ俺は一旦《いったん》寝ようかな。流石《さすが》にこの年で徹夜《てつや》はキツイ……」

くわぁと欠伸《あくび》をひとつ。

おかしそうにケンヤが笑う。

「？」

「いや、似た者同士なんだなと思ってな」

そう言ってケンヤが指差す先でダリアが大欠伸をひとつ。不機嫌そうに目を擦《こす》っているのが見える。

「ダリアも眠そうだし、4時間ほどログアウトするかな」

そう言ってメニュー画面を操作する俺をケンヤが止める。

「せっかくだから宿屋使えば？」

＊＊＊＊＊

そんなこんなで宿屋の客室内。

温かみのある木造の部屋に丸いテーブルと椅子が2つ。窓際にはキングサイズのふかふかベッドが備えてあり、俺は真っ先にベッドへと腰掛けた。

いい反発。そしてお日様の匂い。

ケンヤ曰《いわ》く、ゲームの中でも普通に睡眠だけは取れるそうで、そこそこ豪華なベッドで寝られるためかβ時代では皆がそうしていたそうな。

それに召喚獣と一緒に寝れば親密度も上がるし、召喚士にとっては好都合である。

盾と杖をアイテムストレージにしまい横になる。ベッドの端で俺の動きを観察していたダリアもよじ登り、すとんと腰掛けた。

「じゃー寝ますかね」

ぽかぽか陽気が眠気を誘う。

ダリアは少し離れた所で小さく丸まっている。

起きたら……なに……しようか、な。

満腹度　27％

ピッ――

満腹度　26％

ピッ――

満腹度　25％

時刻は午後5時10分。


晴れ渡る空が青から赤に変わっている。

まだまだ寝足りない俺を叩《たた》き起こしたのは、足をばたつかせ暴れるダリアだった。

「⁉　お、おいどうした⁉」

何かを訴えるように枕を齧《かじ》る。

何かの発作か――⁉　病院‼

ダリアを抱きかかえ宿屋を飛び出す！

「ケンヤケンヤケンヤケンヤ！！！」

「っおおう、なんだどうした⁉」

工房のプレイヤー達から視線が集まる。

「ダリアがなんかやばい‼」

「え？　は？」

腕の中のダリアを見せ緊急性を訴える。

「どどどどどうしたらいい⁉」

「おい落ち着け！　ダリア嬢は召喚獣だろ？　召喚獣は病気にならないって聞くぞ」

いや、現にこんなに苦しんでるのに！

「病院！　病院は⁉」

「だ――もう!!　まずステータス！　開け!!　状態の確認!!　すぐ!!」

ステータス？　状態の確認？

俺の腕に嚙《か》みつくダリアに邪魔されながらステータスを開き、召喚獣の状態を確認。

ダリア
召喚獣　Lv.15
親密度　27/200
魔族
女
満腹度　8%
状態　極度の空腹

「なんて書いてあった？」

心配する様子で覗《のぞ》き込《こ》むケンヤ。

「極度の空腹」

「え？」

「なんかお腹空《なかす》いてるらしい！」

「…………」

周りからクスクスと笑い声が沸き起こる。

気にせず腕をガジガジしているダリア。

餓死《がし》とかしないか？　平気なのか？

ケンヤはホッとしたような呆《あき》れたような顔でため息を吐《つ》くと、工房の入り口を指さした。

「大通りなら飯屋なんていくらでもあるから、まずは腹ごしらえしてこいよ」

「そうする！」

ダリアを定位置に座らせ、俺は足早に工房を後にした。

＊＊＊＊＊

大通りで料理屋を探す。

「パン屋、イタリアン、定食……」

料理屋はそこかしこに存在していた。

ＮＰＣが営むものが殆《ほとん》どだが、和洋中なんでも揃《そろ》っている印象だ。

「何が食べたい？」

ガジ
ガジ
ガジ

いつのまにか大人しくなっているダリア。

パスタ屋の前で止まる俺をペチン。

バーガーショップもペチン。

定食屋もペチン。

ラーメン屋もペチン。

「好き嫌いあるのかよ……」

極度の空腹のくせに贅沢《ぜいたく》いうな。

いや、子供だもんな。

当然あるよな好き嫌いくらい。

小走りで進む俺に、グイグイと、興奮した様子で何かを訴えるダリア。彼女の視線の先にNPCが営む肉の店があった。

建物ではなく屋台。

車の付いた店の中で屈強《くっきょう》そうな店主が網で肉を焼いている。店の周りには炭火焼きの香ばしい匂いが漂い、道行く人達も興味津々な様子。

「いらっしゃい！」

店主が元気よく声を掛けてきた。

ダリアは肩車からスルスルと降り、店の前に置かれた足場を登って調理風景を眺めている。

骨が付いた赤色の肉を網の上で返しながら壺《つぼ》の中にあるタレをハケで塗ってゆく——滴《したた》り落《お》

ちた肉汁とタレの匂いが辺りに広がってゆく。

「これひとつください」

「はいよ、ひとつ80Gな」

単価は最下級の回復薬とほぼ同じか。

店主から骨つき肉を受け取ったダリア。

「ダリア。ありがとうは？」

俺の言葉に、ダリアはこくこくと頷く。

店主は嬉《うれ》しそうに鼻の下をこすっている。

肉を持ったダリアは、表情こそ変わらないものの、目を爛々《らんらん》と輝かせてひと口ぱくり——そして何度もこくこくと頭を下げながら恐ろしい速さで食べ始めた。

他の料理には見向きもしなかったな。

単純に肉が好物なのか？

「美味《おい》しい？」

俺の言葉にダリアはこくこくと頷く。

愛らしいなぁ、腹減ってたんだなぁ。

遅れてやって来る「ごめんな」の気持ち。

うん。満腹度は常にチェックしよう。

「…………」

夢中で齧るダリアを眺めながら、ふと、俺はあることを思いつく。

「すみません、これはなんの肉ですか？」

「おう。これは森のウル・ベアの肉だよ」

めちゃくちゃ凶暴なんだぞと腕を大きく広げ語ってくれる店主。

森のウル・ベアの肉なら何個かあるな——ってことはだ、俺でも作れるんじゃないか。

こんなに美味しそうに食べてもらえたら、店主がそうだったように絶対嬉しいだろ。てか見たい。自分が作った料理を食べて喜ぶ姿を見たい。

「おかわりもらう？」

こくこくと頷くダリアは、口周りと手にソースをベタベタに付けながら、両手で新しい肉を受け取った。

さて、満腹度はどうなったかな——？

満腹度　10%

「ん？」

え？　1個食べたよね？

卓球ラケット大くらいの肉食べたよね？

これ満腹度100%にするまで何本必要？

「まいど。追加で80Gだよ」

「……あの、値引き交渉とかって……」

「まいど。追加で80Gだよ」

その後、ダリアは店頭在庫40個を食べ切り、俺は財産の1／3を失ったのだった。

＊＊＊＊＊

工房へと戻ってきた俺達。

ケンヤからの電話はまだ入っていないが、今は別件でここに来ている。

満腹度90％になったダリアは流石に満足したのか、大人しく作業しているプレイヤー達を眺めている。

俺は作業中のプレイヤーに声をかけた。

「すみません。ここの施設を使うときは何か手続きとか要りますか？」

「勝手に使って大丈夫ですよ～」

そう言いながら料理を完成させるその女性。見れば美味しそうなポトフが皿の上に盛られていた。

よし、俺も――

近くで空《あ》いていた作業台の前へと立つと、目の前にメニュー画面が現れる。武器製作やアクセサリー製作、木材加工などの項目が並んでいる。

［調理術　Lv.1］調理台を使うことで様々な料理を作ることができる。調理時間、味のバランス、見た目の美しさなどから点数及び経験値が決まる。

貴重な残り2枠だったが、俺は肉屋の店先で調理術を取得した。残り1枠は慎重に選ばなければだが……戦闘に使わなそうなスキルを選ぶような気がするなぁ。

［調理を開始しますか？］

はい　／　いいえ

迷わず［はい］を選択すると、作業台の形が変形するようにしてキッチンとなった。

使えるアイテムは［まな板］［粗末《そまつ》なフライパン］［粗末な蓋《ふた》］［粗末な鍋］［粗末な包丁《ほうちょう》］［粗末なオタマ］と、火起こし機能のみか。

「料理なんて何年ぶりだろ……」

最後に何を料理したのかおよそ記憶にない。いつも外食ですませてたからな。

使えそうな素材は、と。

・森の王の肉☆3
・森のウル・ベアの肉☆1
・ナット・ラットの肉☆1
・不思議なハーブ☆1
・割れた胡桃《くるみ》☆1

etc.…


星はレア度を表しているようだ。

調理術のレベルは関係なく、レア度の高い素材も使うことはできるようだが、調理技が［焼き］［裏返し］［茹《ゆ》で］［かき混ぜる］の4つしかない。

「肉を焼くだけなら誰だって……」

調理台で火を起こし、フライパンを置く。

折角《せっかく》だ、手持ちにある最高級品を使おう。

アイテムストレージから［森の王の肉］を取り出し――

「おわっ！」

ズズン！　と、調理台が揺《ゆ》れた。

現れたのは何十キロもある肉塊。

そうか、切るところからやるわけか。

「包丁の出番だな」

調理術スキル取得時にストレージに増えていた［粗末な包丁］を装備し、塊から肉を丁寧に切り落とす。粗末というだけあって切れ味悪いな。

足元のダリアは黙ってそれを観察している。

おし、なんとか切れたぞ。

［ダイキが焼きを発動！］

［森の王の肉☆3で調理を始めます］

フライパンに肉を入れると、ジュウゥという音やパチパチといった脂《あぶら》が弾《はじ》ける音が鳴りだした。匂いはもちろん、伝わってくる熱も本物となんら遜色《そんしょく》がない。

ソワソワし始めるダリア。

興奮した様子で上下に飛び跳ねはじめた。俺の足にフンスフンスと鼻息がかかる。

まだまだ。肉は結構時間かかるんだぞ。

「付け合わせは人参《にんじん》とか芋《いも》が定番だよな」

ストレージから使えそうな素材を漁《あさ》るも、めぼしい野菜はなさそう。

プスプス。

ん？　なんか音が変わったような。

「えっ？」

フライパンから立ち上る黒煙！

え、焦《こ》げてる!?　ちょっと目を離しただけなのに!?

慌てて肉をひっくり返すが、炭に近い何かが完成した。

［炭のような肉］
評価：0点　／　火力が強く、焼きすぎです。調理中はよそ見をしないよう注意しましょう。

「焼き料理はタイミングが結構シビアですから、根気よく頑張ってくださいね」

「あ、はい。教えてくれてありがとうございました」

近くで調理していたプレイヤーに励まされながら、気を取り直してもう一度。

今度はよく見て、よく見て……。

［炭のような肉］
評価：0点　／　火力が高く、ひっくり返すのが遅いです。外は焦げていますが、中はまだ生ですよ。

［炭のような肉］
評価：0点　／　火力が高く、ひっくり返すのが遅いです。外は焦げていますが、中はまだ生ですよ。

［炭のような肉］
評価：0点　／　火力が高く、ひっくり返すのが遅いです。外は焦げていますが、中はまだ生ですよ。

そして4度目の失敗。

「また失敗か」

俺もしかして料理下手なのか？

一人暮らし歴8年＝外食歴の弊害《へいがい》か。

ダリアの頭を撫《な》でながら、ため息をひとつ。

「ごめん、待ちくたびれたよな」

ダリアはそれに何も反応を示さず、ただじっと俺の顔を見つめ返していた。

「最初は皆通る道だよな」「4回やって4回焦げってのもなかなか才能だけど……」「装備のこと誰か教えたら？」「火事かと思った」「メシマズイケメン爆誕《ばくたん》？」

気が付けば俺達の周りに調理スキル持ちらしきプレイヤーが集まってきていた。

その中の一人が俺の方へやって来る。

「ステーキを焼くってことなら手伝おう」

「！　ぜひお願いしま――」

見上げた先に、身長3メートルはあろうかという獅子《しし》がいた。

いや、正確には獅子の頭を持った人がいた。

隆々《りゅうりゅう》の筋肉の上にシェフのような服を着ており、姿からして獣人族のアバターであることが分かる。

「おっと、驚かせてすまない。遊び心でキャラメイクしたら子供がそれでプレイしろってうるさくてね……」

「お子さんの気持ちも分かります」

真っ白の毛並みの獅子が、渋い声で唸りながら頭を掻《か》く。

曰く、獣人族は約100種いる動物をベースとして選び、動物度と人間度の比率を弄《いじ》ってアバターを作れるそうだ。

最大でどちらかに9：1まで寄せて変化可能で、人間度を9にすればいわゆる耳や尻尾《しっぽ》だけ犬歯だけといった変化になるが、逆に動物度を9にするとモデルの動物のほぼ原型のまま二足歩行になるとのこと。

そう解説した。俺の横に立つ白いライオン。

「俺はTeto-po《テト・ポー》だ。よろしく」

「ダイキです。テトさんでいいですか？」

「なんでもいいさ。自由なゲームだ」

そう言ってグルルと笑うテトさん。

この人バトルも強そうだな。

腕捲《うでまく》りをするテトさんは、俺の初心者防具へと目を落とした。

「なんだ、調理用の防具じゃないのか」

「調理用の防具？　そんなのあるんです？」

「そりゃあるさ」

テトさんは意外そうな顔をした。

あぁ、だから上手《じょうず》に肉が焼けなかったのか。思えば採掘や魔石加工も失敗数の方が多かった。

そう言って、テトさんはおもむろに画面を操作し俺へとトレードを飛ばしてくる。そこには［料理人の服］［料理人の前掛け］［料理人の包丁＋3］が並んでいた。

「見てた限り、そこのお嬢ちゃんに食べさせたいから調理術スキル取ったんだろ？」

他のプレイヤー達にちやほやされるダリアを顎《あご》で指すテトさん。

「なんか愛を感じたよ。同じ父親としても応援したくなってね」

俺は父親じゃない。

「そんな悪いですよ、いただけないです」

「俺が教えるにしても、装備の有無で工程がかなり変わってくるんだよ」

う。断りづらいことを言う。

俺が装備の受け取りを拒否してレクチャーを受けても、装備がないから成功率も変わってくる。それだけテトさんの時間も奪ってしまう。

なにより、早くダリアに美味《うま》いものを食べさせられるようにスキルを磨きたい。

「助かります……！」

そう言って、俺はトレードを受理した。

3つの装備品がストレージに追加される。

［料理人の服］
品質：白
装備条件：調理術　Lv.1～
スタミナ＋100／力強さ＋15／器用さ＋15／知識＋15

［料理人の前掛け］
品質：白
装備条件：調理術　Lv.1～
スタミナ＋50／器用さ＋10

［料理人の包丁＋3］
品質：白
装備条件：調理術　Lv.1～
スナミナ＋85／力強さ＋24

「スタミナっていうのはMPに当たる部分で技を使うときに消費する。製作技には品質を上げたり、採取技には採取量の増加だったりがあるよ。力強さは採取や釣りの時、大物が掛かった時の成功率に関わったりとかね」

なるほど、製作・採取の際は本当に全く別のパラメータが要求されるのか。

さっそく貰った装備をセットしてみると、白のコックコートにぴったりとした黒い前掛けへと変わり、右手には何かの紋様が刻まれた立派な包丁が握られている。

形だけはいっぱしの料理人ぽくなったぞ。

「装備を変えた後にステータスを見てみるといいよ」

テトさんに言われるがまま、俺はステータスを開いて確認してみた。

ダイキ
Lv.15
人族

男
満腹度33%
［戦闘］▽
［採取］▽
［製作］▼
体力　50／50
スタミナ　235／235
力強さ　39
器用さ　25
知識　15

「おお。なんか色々増えてますね」

「採取系も同じだけど、そのステータスに見合った品物・獲物を選ぶと失敗が少ないよ。技を使って一時的に数値を上げるのも手だけど」

「なるほど。素材にも要求値があるんですね」

戦闘でいう所の適正レベルと同じか。

「スキル取得前に調べなかったんだな」

「突発的に取得したもので」

見切り発車のツケが回っただけだ。

とはいえ、これでようやくまともな料理が可能になったはずだ。

森の王の肉塊を具現化する。

「作り方は現実のステーキを焼くときと同じ――」

俺はテトさんのレクチャー通りに進める。

まず肉塊からステーキ大に切り落とす。

スッ。

「手応《てごた》えが全然違う……」

切れ味のいいハサミで紙を切った時のような、あの、何も抵抗を感じない手応えに似ている。

これが力強さと包丁の恩恵《おんけい》か。

感動しつつ準備を進めていく。

肉の筋に切れ込みを入れ縮《ちぢ》むのを防ぐ。

フライパンを熱し脂を入れて待つ。

「やっと肉が焼けるのか」

道具が無いので素手で肉を掴《つか》む――

ここでフライパンに光の点滅が発生！

技術者の心得が反応してる、のか？

４度失敗した時にはなかった反応だ。

能力値が低すぎて自動失敗していたのか。

「ここだ！」

光のタイミングに合わせて肉を投入。

調理術の技［ひっくり返す］を発動し、スタミナを消費し肉を裏返し、両面を一気に焼く。

ジュワワワと脂が弾ける音と共に運ばれてくる美味しそうな香り——ダリアがシンクの横から顔を覗かせている。

火が通るように何度もひっくり返す、のではなく、ある程度焼いたら蓋をして火を切り余熱でじっくり。これで中まで火が通るらしい。

しばらく待てば完成だ。

［森の王のステーキ］
評価：26点
効果：物理攻撃力＋7／魔法攻撃力＋8／獲得経験値量＋4％／効果時間：13分間
正しい手順を踏んでおり上手に調理できています。調味料・付け合わせがないため味は及第点。

評価は低い、低いけど——できた！

調理術のスキルレベルも一気に3まで上がり、テトさんも嬉しそうに拍手してくれている。

皿の上にステーキ1枚のみの無骨な料理。

俺はダリアの前にその皿を置いた。

「まだまだな出来栄えだけど……お待たせ」

ダリアはしばらく俺の顔を見上げていたが、すぐに皿へと視線を移し、頭をこくんと動かした。

いただきますの仕草と共に肉に齧り付く。

「どうだ？」

味付けも何もされてない単なる肉。

出店のとは比べるべくもない。


ダリアが微笑《ほほえ》んだ。


「えっ？」

初めて見る笑顔に不意打ちを喰《く》らう。

なんで？　なんで笑った？

美味しいから？　いやでも評価26点だ。

怒る時も食べる時も無表情だったのに。

うんうんと、ゆっくり頷き食べるダリア。

なんだ、この気持ち。

なんだよこれ。

俺、この子のこと一生かけて守りたいよ。

自分に家族ができたらなんて考えたことすらなかったのに、子供って皆こんな感じなのか？

なんか、変だ、涙出そうかも。

今はこんな出来栄えだけど、スキル磨いて調味料も野菜も集めて、絶対もっと美味い料理作れるようになるから。

しばらくしてケンヤから装備完成の電話がかかってきた。俺はテトさんと別れケンヤの作業場に来ていた。

テトさんとは抜かりなくフレンド登録もすませた。これでいつでも連絡が取れる。

「ずいぶん長い間飯食ってたな」

「まあな」

本当は調理場で作業してたんだけどな。

椅子に腰掛けながら画面を操作し、作業場の上にアイテムを置いていくケンヤ。

それは完成した装備品だった。

マグカップ程度の大きさになっているそれらは、黄色だったり赤だったりと煌《きら》びやかな光を放っている。

「おおお！　すごい！」

「時間食って悪かったな」

お陰でレベルがかなり上がった。と、嬉《うれ》しそうに語るケンヤ。装備品を指さし続ける。

「まず品質についてだけど、赤が最高品質。青が高品質。黄色が良品。白色が普通品質だ。品質は性能と強化可能数に直結するわけだけど……まぁその辺は割愛《かつあい》だな」

そう言って、まず赤色のドレスを手渡してくるケンヤ。受け取ると同時にアイテム詳細が表示された。

［赤いドレス・火の祝福］
品質：赤
製作者：ケンヤ
体力＋15／魔法攻撃力＋5／物理防御力＋13／魔法防御力＋15／火属性魔法強化（小）

ダリアの防具だ。

デザイン的には首元に花の形の金の刺繍《ししゅう》が施された、遊びの少ないシンプルなドレス。

表はダークレッド、裏地は白。

背中に紋様が描かれている。

「これってデザインもケンヤなの？」

「そりゃもちろん」

「え、めちゃくちゃすごくない？」

「だろ？　だろぉ？」

鼻高々のケンヤ。

さっそく装備させてみる。

さっきまでただの可愛《かわい》い女の子だったダリアだが、どことなく気品が溢《あふ》れているように見えなくもない。

「謝らなきゃいけないことがひとつ。杖《つえ》と核の合成を試《こころ》みようと思ったんだけど、要求ステータスが結構キビシくて保留にした。失敗して破壊されたら目も当てられないしな……」

「ならまたステータスが上がった時にでも頼むとするよ」

「ん。任せとけ」

ケンヤから森の王の杖と核が返却されたので、ついでに杖を装備させてみる。

これがまたドレスと良く似合う。

まるで魔法世界のお姫様だ。

ダリアも気に入ったのか、二、三度その場でくるりと回ってみせる。

「奥さんに見せたら趣味の小物作りも絶対許してくれるだろこれ」

「だと助かるけどな。と、んでこれがダイキ用の装備な」

俺の装備は黒のインナーの上に、墨色の革の鎧《よろい》が胸を覆うように付けられており、腰から下へ狼《おおかみ》の毛皮で作ったマントみたいなヒラヒラが伸びている。よく見ると肩も狼のモフモフが付いている。

「ちょっと派手じゃないか？」

「いいだろ派手で。ファンタジーだし」

「流石《さすが》に浮くんじゃ……」

「イケメンは何着ても様になるもんよ」

［狼の鎧］
品質：黄
製作者：ケンヤ
体力＋20／物理防御力＋10／魔法防御力＋10

［霊木《れいぼく》の杖＋3］
品質：赤
製作者：ケンヤ
分類：両手杖
魔力＋15／魔法攻撃力＋14

［花紋のカイトシールド］
品質：黄
製作者：ケンヤ

分類：片手盾
物理防御力＋8／魔法防御力＋8

花の紋様が描かれた銀色の盾と……。

「これってケンヤの店の看板商品じゃ？」

「ああ別にいいよ。だいぶレベル上がってもっと強いやつ作れたから」

あっけらかんとそう言うケンヤ。

これ全部装備したらかなりステータス伸びるぞ……流石にタダで貰《もら》えないな。

「感謝しきれないよ——というか、これを無償《むしょう》でやるとは言わないでくれよ。何か手伝えることとか欲しい素材とかない？」

ケンヤもテトさんも俺を甘やかしすぎだ。苦労せず進めてしまうと楽な遊び方しかできなくなりそうで怖いし。

ケンヤは「手伝えること、かぁ」と悩む素振《そぶ》りを見せると、思い出したかのように指を立てた。

「ん。なら火の町まで護衛を頼む」

「火の町？」

俺が行けるのは［はじまりの町］［風の町］の2つだから、行ったことがない場所ということになる。

「ダイキもまだ未踏《みとう》だろうな。ちなみに、行ったことがない町でも世界の誰《だれ》かが開拓済みならワールドマップにおおまかな場所が表示されるぞ」

左上のミニマップをワールドマップに切り替えて確認すると、確かにいくつもの町がすでに開拓済みとなっていた。火の町は俺が開拓した風の町を更に北に上がっていった火山の方角に点滅している。

ん？　ということは……。

「風の町からもう次の町が開拓されたのか」

「そりゃそうだ。ダイキが仮眠してた時間も最前線組が休まず開拓し続けてるわけだから。日本最大手の紋章ギルドが開拓したってワールドチャットも流れてたしな」

やっぱり4時間も戦線離脱したらもう追い付けないよな。急ぐ旅じゃないから一向に構わんのだけど。

「ならはじまりの町から森を抜けて風の町に行って、そこから火山に向かう感じかな」

「だな。俺の戦闘レベルは6だけど、まぁダリア嬢がいれば敵なしだろ」

「間違いない」

俺とダリアは森の王を倒したことでかなりレベルが上がっているし、今はケンヤから貰った装備がある。

俺達は一度準備を済ませた後（回復薬の補充など）に合流し、迷いの森、そして風の町へと進んでいった。

＊＊＊＊＊

のどかな風景が広がる風の町に到着。

風車付きのレンガ調の家々。

舗装《ほそう》されていない土の道、芝生《しばふ》。

湖らしき水平線に白い鳥が飛ぶ。

「うわぁ一気に栄えたなぁ」

見渡す限りのプレイヤー、プレイヤー。

仮眠してる間に数が物凄《ものすご》い増えていることに驚いたが、ゲーム開始地点の隣だし、来やすい町ではあるのだろう。

「うーし、登録も終わったし行くか」

ハンマーを担いだケンヤがやって来る。

登録をした場所へはモニュメント経由で一瞬で転移できるため、これでケンヤは今後森を通る必要がなくなったことになる。

ダリアは例の如《ごと》く肩車《定位置》にいる。

石のモニュメントの横に女性の像があることに気付き、足元に彫られた文章を読んだ。

「召喚の英雄ウェアレス像……」

彼女の傍《そば》には動物型のモンスターらしき姿もある。

「これはストーリークエスト関連だな」

「ストーリーか」

Frontier World Onlineは、無限ともいえる膨大な数の通常クエストと、物語を辿《たど》るストーリークエストというものがあるらしい。ストーリークエストは特定の人物がクエスト発生の鍵になることが多いとのこと。

召喚の英雄なら召喚士《俺》に関係ありそう。

「それじゃ火の町に向かうか」

「お。ストーリーはいいの？」

「いいよ。目的地はあくまで火の町だから」

ストーリークエストもまた暇《ひま》な時に辿ればいい。とりあえずの目的地はここではないので、観光もそこそこに進んでいく。

風の町の北門を出る俺達を、ムワッとした熱気が包む——土の色は赤黒いものへと変わっており、エリア全体の気温が高い。

移動してすぐ新しい敵が現れた。

「お」

「！」

［ダリアが闇の棘《とげ》を発動！］
［火のコモ・ドラに1344ダメージ］
［火のコモ・ドラは倒れた］

俺達が戦闘態勢に入る間もなくダリアが一撃で倒す。装備の具合が調子いいようで、平原から森と、俺達は戦闘らしい戦闘を行っていない。

「笑っちゃうくらいの威力だな。俺戦闘に参加してないのにもうレベル10だぜ」

「装備の恩恵《おんけい》がでかいのかな」

「いやいや。序盤装備で攻撃力とかそんな変わらないから。ダリア嬢のポテンシャルが高いんだよ」

と、素直にダリアを称賛するケンヤ。

ダリアが嬉しそうに足をブンブンする。

コモ・ドラのレベルは12前後であるから、まだまだ俺達の敵ではない。その後何匹かのコモ・ドラと遭遇したもののダリアの一撃で粉砕《ふんさい》されていった。

「そういえばなんで火の町に？」

「んー？　あぁ、ドワーフがいるんよ」

「ドワーフ？」

「おう。ファンタジー世界における鍛冶《かじ》の天才よ」

だから鍛治クエスト沢山《たくさん》受けられそうだろ？　と、無邪気な笑みを浮かべるケンヤ。

風の町のウェアレス像もそうだが、町毎に決められた職業のプレイヤーに何か恩恵があったりするのかもしれないな。

「すごい量の肉がストレージに……」

と、苦笑するケンヤ。

「装備作りに食材は不要なんだっけ？」

「うん。俺からしたら売る専用のアイテム」

「なら貰ってもいいか？」

ケンヤが驚いた表情を見せる。

「まさか料理するつもりか？　ダイキが料理するとか……何年振り？」

現実の俺をよく知るケンヤならではの反応だ。俺も自分に料理意欲が湧《わ》くなんて予想だにしていなかったし。

食事バフ：残り５８秒
満腹度：４９％

おっと、山の王の肉を食べさせた時に付いたバフが切れかかってる。ダリアの満腹度も半分を割ってるな。

戦闘量に比例して腹が減るのか？

仕様がよく分からないな。

近くにいい感じの木を見つけ、指差す。

「15分くらい休憩しようか」

「お、賛成賛成」

木陰に腰掛け小休止。

ダリアは地面を這《は》う虫を眺《なが》め、ケンヤはどこからか作業台キットのような物を出し、ドリルのような何かで工作を始めている。

「と、これこれ」

俺は調理術取得の際に見つけたスキルを迷わず取得した。

[野営術] 簡易的な拠点《きょてん》を作り休憩することができる。野営術発動中は体力・魔力回復量上昇。

スキル取得によりストレージにアイテムが増えており、それらを次々に設置していく。

まず簡易的なテント、そして簡易丸太椅子とテーブル。焚《た》き火《び》、木のお皿セット付き。

設備レベルが上がるにつれテントの中が広く豪華になるらしい。

「おいおい、また粋《いき》なスキル取ったな！」

やるじゃんと嬉しそうに立ち上がるケンヤ。

「思ったより良いなコレ」

「簡易キャンプじゃん！　うわぁ俺も欲しいなぁ」

キャンプはロマンだ。

それに外で料理ができるのも良い。

まだ焚き火の上に粗末《そまつ》なフライパンを乗せて焼くくらいしかできないが、どの道調理スキルのレベルが低い俺には関係ない話である。

俺は調理術用に料理人の服へと着替えた。

「お。いい装備持ってるじゃん」

今度は防具に食い付くケンヤ。

ダリアはちゃっかり丸椅子に座っている。

「貰ったんだ」

「へぇ。料理できないくせに様になってるな」

ほっとけと答えながら下準備を進める。

先ほど入手したトカゲ肉を丁寧に捌《さば》く。

「そういえばトカゲの肉って美味《おい》しいかな？　体に害は？」

「あー。一応どんなゲテモノもステータスに影響することはあっても体調に影響しないはず」

なら良かった――

このゲームにおける目的がなかった俺だけど、色んな場所の敵を倒して調理してダリアに食べてもらうのが目的でもいいいな。

均等な大きさにした後、串に刺したあと、そのまま焚き火の周りに置いていく。

「ダイキが焼きを発動！」

「コモ・ドラの肉☆2で調理を始めます」

パチパチと木が弾《はじ》ける音も良い。

香ばしい匂いが辺りに漂う。

「この包丁《ほうちょう》も貰った物」

俺は包丁の腹をケンヤに見せた。

興味深そうに眺めるケンヤ。

「ふーん……ん？　これ紋章の印か？」

「紋章？」

「ん。日本最大規模のギルドだよ。今から行く火の町も紋章ギルドが開拓したって言っただろ？」

そういえば道中言ってたなそんなこと。

日本最大規模ギルド、か。

「コモ・ドラの焚き火焼き」

評価：33点
効果：物理攻撃力＋3／魔法攻撃力＋3／獲得経験値量＋2％／効果時間：30分間
皮や骨も取り除かれており、上手《じょうず》に調理できています。調味料・付け合わせがないため味は及第点。野性味のある味とワイルドな歯応《はごた》えが楽しい料理です。

おし！

相変わらず点は低いが料理になったぞ。

所々が焦《こ》げた白い串焼きといった見た目。

「おおお！　いいじゃん粋だねぇ！」

何回言うんだそれ。

キャンプにテンションが上がっているケンヤに1本、ダリアにも1本渡す。3人でテーブルにつき、手を合わせた。

いただきます。

「おっ」

最初にカリッとした食感。

その後、豚《ぶた》とも鶏《とり》ともいえない風味が広がり、ぎゅっぎゅっと楽しい歯応えが続く。

鶏に近いけど、初めて食べる味だ。

ここに塩胡椒《しおこしょう》があれば文句なしなのに！

「美味しい？」

俺の問いにダリアはニコニコ笑顔で応える。

はあ、可愛い。また作ろ。絶対作ろう。

不思議そうに頭を掻《か》くケンヤ。

「なんか、良い感じじゃん」

なんだイキナリ。

なにをニヤニヤすることがある。

「どうした」

「や。ゲーム誘って正解だったなーと」

嬉しそうにそう答え肉に齧《かじ》り付《つ》くケンヤ。

俺とダリアは首を傾《かし》げた。

「うまっ！　なんというか、味は特にうまいわけじゃないけど、ロケーションとか諸々《もろもろ》が良いな」

「発展途上だからって失礼なこと言うなよ」

「いや、でも調味料とか使おうぜ……」

それはごもっともで、調味料さえあれば評価点もかなり上がるんじゃないかと踏んでいる。

火の町への護衛が終わったら色々集めてみようかな。

道中でコモ・ドラはけっこう倒しているからお代わりは沢山用意できる。俺とケンヤは2、

3本食べ、ダリアは6本目に手を掛けていた。

のどかな時間が流れてゆく――

「よしよし、できた」

先ほどから作業していたケンヤがこちらへとやってきて、俺にトレードを申し込んできた。

受理すると、そこに小さなブローチのようなものが置かれた。

「これは？」

「ダリア嬢の装備に付いてる石と交換してみな」

俺は言われるがままに、食事中のダリアの胸元に光る石を取り外し貰ったブローチを嵌《は》め込んだ。

［赤いドレス・火の護り］
品質：赤
製作者：ケンヤ
体力＋15／魔法攻撃力＋5／物理防御力＋13／魔法防御力＋15／暑さ耐性（小）

「お。暑さ耐性」

「これから火山に行くからな」

最初に付いていた［火属性強化］のオプションはこの辺の敵に有効じゃないし、今回は暑さ対策の方がいいだろう。

デザインも凝ってて可愛い。

「また貰ってしまったな」

「まぁイイモノ見せてもらった礼ってことで」

簡単に作れるし――と、手をヒラヒラさせるケンヤ。

腹ごしらえもすんだ。

暑さ対策もバッチリ。

よし、再出発しようか。

＊＊＊＊＊

先程のトカゲの生息地は「大蜥蜴《おおとかげ》の住処《すみか》」という名前だった。エリア移動した先が「火山の麓《ふもと》」という名前で、現在いる所が「リザード族の野営地」となっている。

周りの風景も変わり、火山も目前だ。

粗末に整地された道の脇に生物の骨らしきものが散乱しており、ボロの布で拵《こしら》えた家のようなものが点在している。

「リザード族ってなんだろ」

「トカゲの二足歩行したやつだろ」

野営地を進む俺達。

遠くにモンスターが動くのが見えた。

赤黒い鱗《うろこ》に黄色い腹。

どっしりとした足には大きな爪が生えており、剣を握る手にも鋭い爪、口には牙が生えている。

「武器を持った敵か……」

剣だけではなく、槍《やり》や斧《おの》を持つ者もいる。

リザード族の一体が飛びかかってきた。

「ダリア。ちょっと待った」

すかさず反応するダリアを止め、俺は振り下ろされた剣に合わせ盾を動かした。

パァン!!

リザード族の腕が跳ね上がり、剣が舞う。

続くダリアの魔法に飲み込まれたリザード族が崩れるように消えてゆき、幾つかの戦利品を落としていったのだった。

「パリィか？　一発成功ってすごいな」

ハンマーで肩をトントンさせながらケンヤが驚く。

「スキルとのコンボでだいぶやり易いんだ」

ケンヤは「なるほど」と呟《つぶや》く。

「召喚士《キャスター》なのに盾役用の盾を注文してきた時は耳を疑ったけどな。サブ職業2つ取ってるやつそんないないぞ」

「器用貧乏になるから？」

「普通はメイン職を磨《みが》くためのスキルを自由枠の10個で取るからな」

機能してるからすごいけど、と、ケンヤ。

残りのスキルはほぼ戦闘に関係ないのを取ってるって知ったらなんて言われるだろう。

「大盾《タワーシールド》じゃなく小回りが利く小盾《カイトシールド》を希望したのはコレが理由か」

「うん、そう」

左から2匹のリザード族。

攻撃が早い方を避《よ》け、もう一方はパリィ。

ダリアが魔法を放つ間に空振りした方の2発目をパリィし、ひと呼吸置く間もなくダリアの魔法が追撃した。

2匹のリザード族が崩れて消えていく。

「早いうちに敵の動きに合わせて弾く《この感覚》に慣れたいからね」

2匹いる時は先に攻撃した方を避け、遅い方を弾けば1匹目は空振りで動けない時間がある。

3匹の時は体術で蹴《け》りを放ちつつ、体勢を崩しながら同じ工程を組み立てればいい。

「よっ。ほっ。よっ」

弾く。避ける。蹴り上げる。弾く。

組手の如《ごと》く寄ってくるリザード族に対し、俺は武器を持った相手を崩す練習を続ける。

4匹以上の時は流石に効率が悪いかな——

「ダリアが闇の激流を発動！」

「リザード族Aに1107のダメージ」

「リザード族Bに1158のダメージ」

「リザード族Cに1096のダメージ」

「リザード族Dに1122のダメージ」

「リザード族Aは倒れた」

……

4匹以上の相手にはダリアの範囲魔法で対応するのが一番早いかな。というか、現状パリィせずともダリア一人で無双できてるんだけどな。

ここいら一帯のリザード族は全滅したみたいだ。

この隙《すき》に先に進むか。

「コンスタントに倒しすぎだろ……」

「ダリアの魔法が凄まじいからな」

「いやいや。ここまでパリィ外さない奴《やつ》いないって」

絶対おかしいだろと、不服そうなケンヤ。

体術＋技術者の心得の恩恵なんだな。

俺達は苦戦することなく進み続け、ついに火山の入り口らしき穴へとたどり着いた。

「この先、野営地深部、か」

殴り書きのような文字を読むケンヤ。

入り口には動物の骨らしきものが散乱している。

「進んで大丈夫そうか？」

「んあ。というかここ抜けたら火の町だよ」

おお、意外と早く着いたな。

俺の顔を見たケンヤが苦笑を浮かべる。

「早く着いたとか思ってそうだけどな、早すぎるぞこれ。ダイキが仮眠せず進んでたら火の町も普通に開拓できてたんじゃないか？」

「いや、流石にコレなきゃ無理だよ」

俺は自分の装備を指さした。

実際、初期装備じゃどこかで足止めだっただろうからな。

「準備いいか？」

ダリアが頭をペシペシ叩《たた》く。

よし、行くか。

中はまさに〝火山の中〟といった所だった。

今にも崩れ落ちそうな石の足場が唯一の道。それが奥へ奥へと伸びており、はるか下にはマグマがうねっている。

道の途中には人工的に作られたような石の兵器の残骸が散乱しており、多くのリザード族が闊歩《かっぽ》しているのも見える。

「うひ――暑い」

ばったばったと服を引っ張るケンヤ。

体感温度は30度くらいだろうか。

じんわりと汗をかくほどには暑い。

「ダリアは快適そうにしてるな」

「暑さ耐性が効いてるみたいだな」

一人涼しげにしているダリア。

俺達は意を決して進み始める。

［リザード・リーダーが現れました！］

突然のシステムログ――

*****

ずっと進んだ道の先、開けた空間の中心にひときわ大きな個体が見えた。

「ボスかな？」

「多分な」

リザード・リーダーは腕にクロスボウのようなものを括《くく》り付《つ》けており、大きな盾を所持している。160センチほどの他のリザード族と比べると、その体は200センチはありそうだ。

「慎重に」

ケンヤが呟《つぶや》く。

「掲示板の情報を見る限り、このボス自体はそこまで強くない。問題はいたるところに置かれた罠《わな》だ」

「罠？」

「毒矢とか落とし穴とかだな」

モンスターが罠使ってくるのか……リザード族は武器を使っているくらい手先が器用で賢い。罠くらい使えてもおかしくない。

「リザード・リーダーがレバーを引く」

「どこかで罠の動く音がした」

来た――――！

不穏なシステムログが続く。
ギ、ギ、ギ、ギ。

どこからか音が――上か!?

前へ飛び出す形でそこから離れると、上から岩の杭《くい》が付いた吊《つ》り天井《てんじょう》が落ちてきた！

「っぶねえ!!」

絶叫するケンヤ。

「足場がなくなってる」

「まじ？」

吊り天井が入り口を破壊していた。

退路が断たれることがあるのか。

ゴゴゴゴゴと地鳴りが続く。

「道が崩れてきてるぞ！」

ケンヤの絶叫が響く。

火山内唯一の道が崩れ始めた。

俺とケンヤは必死に駆けぬける――！

「リザード・リーダーがレバーを引く」

「どこかで罠の動く音がした」

今度は壁から矢が飛び出す――！

「うっぜえええ!!」

「一気に別のゲームじゃん！」

小癪《こしゃく》な罠に激怒しながらようやくボスのいる空間へと辿り着くと、リーダーが側近らしきリザード族から大きな剣を受け取るのが見えた。

【リザード・リーダー　Lv.20】#BOSS

「ケンヤは罠に注意して傍観しててくれ」

「そうさせてもらうわ」

ケンヤは下がり、俺は前に出る。

リザード・リーダーが不敵に笑う。

『タタキキッテヤロウ』

「でぇ!?　喋《しゃべ》った!!」

モンスターも喋るぞー！　と、遠くでケンヤの声が聞こえた。

「リザード・リーダーが兜割《かぶとわ》りを発動！」

リザード・リーダーは大きく跳躍すると、勢いそのままに大剣を振り下ろした。

技術者の心得が発動するが――速い！

流石にパリィできなそうだな。

凄まじい破壊音とともに強い衝撃が走り、砕けた石の礫《つぶて》が俺の体に襲い掛かる。

「ダイキに８８のダメージ」

［ダリアに36のダメージ］

吹き飛ばされる俺達を見てリザード・リーダーがケタケタと笑っている。

モンスターのくせに腹立つな。

「ダリア、大丈夫か？」

返答がない。

地面で仰向《あおむ》けに倒れていたダリアから赤色のオーラが迸《ほとばし》り、眉間《みけん》に皺《しわ》を寄せながら立ち上がる
［ダリアの怒りの炎が発動！］

［ダリアの攻撃力が上昇！］

わぁ、怒ってらっしゃる。

俺の体力が減れば減るほどダリアが強くなるから、一見してピンチがチャンスに変わる貴重なスキルだ。

ん……？　残り体力？

「ダリア。あの余裕ぶってるトカゲに一泡吹かせてやろうぜ」

奴を爽快に倒す方法を思いついた。

ペチペチと力強い反応。

のっしのっしと寄ってくるリザード・リーダーが無作為に剣を振るう——技術者の心得が反応し、俺は落ち着いてパリィしていく。

［ダイキが盾弾き《シールド・パリイ》を発動！］
［ダイキの盾弾き《シールド・パリイ》が成功！　味方の攻撃にボーナスが付きます］
［リザード・リーダーが硬直状態《スタン》になりました。次の攻撃は確定でcriticalになります］
リザード・リーダーは体を仰《の》け反《ぞ》らせて硬直。
ダリアの追撃を手で制止し、俺は更に盾術の技を発動させた。
［ダイキが命の盾を発動！］
［ダイキの体力が1まで減少］
［味方の物理・魔法攻撃力が大きく上昇］
［命の盾］自分の体力を1まで減らし、味方の物理・魔法防御力を大きく上昇させる。その間使用者の体力は1から減少しない。効果は3秒間有効。効果が終了しても体力は回復しない。
本来は全滅級の範囲攻撃などに合わせて使いたい技だが――俺の体力が減ったことでダリアの［怒りの炎］は最大限の力を発揮する！
［ダリアが黒の剣を発動！］
虚空《こくう》から現れたのは巨大な黒の剣。
リザード・リーダーが反射的に後ずさる。
［critical!　リザード・リーダーに4881のダメージ］

黒い剣が勢いよくリザード・リーダーの腹部を貫通し天高く突き上げる――！　リザード・リーダーの断末魔の叫びが火山内に轟《とどろ》いた。

［リザード・リーダーは倒れた］

アナウンスと共に俺達のレベルアップ音が鳴り響き、地面にどしゃりと落ちてくるリザード・リーダー。

取り巻きのリザード族が死体を回収する。

「あれ？」

死体が消えてない？

いや、死体じゃない。

リーダーがよろよろと立ち上がった。

経験値もアイテムも出たのに何故《なぜ》――？

『コシャクナ、ヒトゾクメ』

再びリザード・リーダーの声が響く。

『アノ、バケモノニツカイタカッタガ、ヤムヲエマイ』

憎しみを込めた瞳《ひとみ》で俺達を一瞥《いちべつ》すると、リザード・リーダーは取り巻き達を連れ、穴の奥へと消えていったのだった。

勝ったんだよな？

「ふぅ」

その場に座り、ホッとひと息。

ケンヤが俺の頭を叩く。

「無茶すんなよ！」

「おい体力減ったら大変だぞ」

「パーティ内での攻撃は無効化される」

ほう。また一つ詳しくなった。

ペチン。

ダリアからも怒りの鉄槌《てっつい》が。

「順当に戦っても勝てただろうに、なんでそんな危険な技使ったんだよ」

「だって……ダリアに石当ててきたから」

つい熱くなってしまった。

ほらよ、と、回復薬を手渡すケンヤ。

体力がじわじわと回復してゆく。

「ま。戦力外で見物してた俺に色々言う権利ないけどな。それにあの威力は相当な武器になりそうだし」

今回は強化術＋食事バフ＋怒りの炎＋パリィ＋新調装備＋ダリアのステータス＋魔法の威力

であの数値がでた。

ここに俺の弱体化術も合わされればもっと伸びそうだし、大ダメージ後は硬直《スタン》が期待できる。

硬直《スタン》になればさらにもう一度攻撃ができる。

これの応用で、モンスターを集められるだけ集めてダリアの範囲魔法で一掃すれば今後のレベル上げも効率的にできそうだな……。

「にまにましてる所悪いけど、その状態で一撃でももらったらダリア嬢までゲームオーバーだから」

呆《あき》れたように苦笑するケンヤ。

そうだ、その通りだ。

3秒間の無敵時間の後は自力で体力を回復しなきゃいけない。しかしこのゲームの回復薬に即効性はなく、全て継続微量回復《リジエネ》だ。

「今の技を実用化するならせめて回復役《ヒーラー》を仲間にしないとだな」

「回復役かぁ」

なら次の召喚で回復役が呼べれば最高だ。

無茶なこのコンボも現実的になる。

ペチン。

「なんのペチン?」

ダリアは無言で無表情。

いい加減先に進めってことか？

「火の町はあっちだな」

Y字形の別れ道の右手側を指すケンヤ。

「ん？　リザード・リーダーが逃げてった方じゃないんだ」

「そうなるな。倒しても消えないってことは、クエスト関連でまた再会するかもね」

俺達はそのまま、火の町に続く穴の方へと歩いてゆく。

ウヴゥ……！

「？」

反対側の穴から何かの唸《うな》り声《ごえ》が聞こえた気がする――が、気にせず俺はケンヤの後に続いたのだった。

第5章 ちびっ子ドワーフのケイケイ

火山内にある巨大な空洞――

赤々とした溶岩溜《だ》まりがそこかしこにあり、町の灯《あか》りの役割を担《にな》っているようだ。

煤《すす》で汚れたトロッコには大量の鉱石が乗せられており、その脇にツルハシやカンテラが無造作に転がっている。

空間全体を木の枠組みで補強してあるが、大きさも形も不揃《ふぞろ》いで適当な感じが伝わってくる。

町の至るところでは炉《ろ》が火を吹いていて、小柄で小太りな男達が金槌《かなづち》を振るっていた。

「すげえよ！　全員ドワーフだ！」

少年のような笑みを浮かべるケンヤ。

確かにプレイヤー以外の人型は全てドワーフだ。酒瓶《さかびん》片手に居眠りする者や喧嘩《けんか》する者、完成した剣を見てうっとりしている者などその様子は様々。

町の中央には転移用の石のモニュメントの他に、人型の像と、ひときわ大きな炉と作業台があるのも特徴的だった。

すれ違うプレイヤーの多くがケンヤのように金槌を装備しており、クエストをこなしているのか、いそいそとNPCとの間を行き来しているのが見える。

「見てこれ！　作業場がレベチだぜおい！」

設備の整った作業場に鼻息を荒くするケンヤ。

確かにここは鍛治系《かじけい》職業の聖地のようだ。

「あー、自由行動にする？」

「しよう！　賛成！」

早速クエストへと走るケンヤ。

来たがってたもんな。しばらくそっとしておいてやろう。

「んじゃあ俺達はのんびり観光しよか」

俺とダリアはこの町に用があるわけではないため、特に目的なく町を散策していく。

まずは転移を解放して、と。

ペチペチ。

「お。何かあったか？」

ダリアの視線の先には魚屋があった。

肉オンリーかと思いきや魚もイケるのか。

店内を覗《のぞ》いてみると、そこもドワーフ達で賑《にぎ》わっていた。皆が手に持っているのは串に刺さった大きな魚だ。

「いらっしゃい！　マグマウオの塩焼きいかがかな」

店主のドワーフは「ズイッ」と魚を見せてくる。

見た目は大きなナマズだが、その体は岩のような鱗《うろこ》に覆われておりとても食べられそうには思えない。

「これどうやって調理するんですか？」

「ハンマーでかち割ってから焼く！」

うわぁ、すごい力業な調理法。

でも肉好きのダリアが珍しく興味を示してることだし、この魚は気になるな。

「この魚はどこで獲《と》れるんですか？」

「その辺の溶岩で泳いでるぞ。んで、コレを投げ入れてドカンだ」

そう言って店主はリンゴ大の石を渡してきた。


［爆弾岩］溶岩に投げ込むと数秒後に爆発する危険な岩。パーティにもダメージが及ぶ。


結構ヤバめのアイテムだ！

味方への攻撃可能なのが恐ろしい。

状況によって悪用されそうな気がするぞ。

「爆弾岩はその辺で簡単に手に入るからなくなったら地面を探すといい。そうだ、マグマウオを10匹納品してくれたらお礼に調理用ハンマーをあげるぞ」

ピコン！

［クエスト：マグマウオの納品］が届きました。

お、クエスト開始だ。

クエストをこなせば少々のお金と経験値、そしてこんな感じでアイテムも貰《もら》える。

「せっかくだし自分で獲ってこよっか」

ペチペチ。

ダリアもご機嫌な様子だ。

俺は少し町を離れた所にある溶岩溜まりへと移動し、爆弾岩を手に持った。

「しかし本当に道中普通に落ちてたな……」

日常的に事故が起こってそうな予感。

そんなことより今は釣りだ釣り。

肩車から下りたダリアと一緒に水面《みなも》（溶岩）をじいと眺《なが》める——と、ゆらりと魚のヒレが浮かび上がった。

今！

コロン。ぷくぷく。ボンッ！！！

「おわっ！」

投下して1秒も経たずして溶岩が爆発。

衝撃で弾き出されたマグマウオが落下し、地面に跳ねている。

ダリアが1匹をわっしと捕まえた。

「おし！　えらいぞダリア！」

俺も負けじとマグマウオを獲っていき、一度の爆発で3匹のマグマウオが入手できた。

［マグマウオ☆2］溶岩の中でしか生きられない珍しい魚。岩と鉱石が好物で、食べたそれらが鱗《うろこ》となり外敵から身を守るのだ。


クエスト納品は10匹だから、俺達が食べる分を含めて20匹は欲しいところだ。

その後俺達は爆弾岩をポイポイ投げ入れてマグマウオを乱獲し、合計23匹のマグマウオを入手することに成功したのだった。

「納品お願いします」

「おぉ！　こりゃイキがいいな」

さっそく店主に渡すと、店主は上機嫌でそれを受け取り約束のハンマーをくれた。

やった！　調理用の道具が増えたぞ。

「マグマウオは生命力が凄《すさ》まじいから、まず先にハンマーで頭を殴って気絶させるのがコツだぜ」

店主がそう言いながら実演してみせる。

パンパンッと頭を叩《たた》くと、マグマウオはぐったりとした様子で動かなくなった。

「おお、手際いい」

「その後は冷水にくぐらせるのもコツだ。こうすると鱗が剝《は》がれやすくなるし、身が引き締まって綺麗《きれい》に焼けるからな」

そのままボウルに入った水にくぐらせ、今度は鱗をハンマーで叩く店主。すると鎧《よろい》のようなその鱗がボロボロと剝がれていき、サーモンのような鮮やかな身が現れた。

そのまま包丁《ほうちょう》でお腹《なか》を捌《さば》き、内臓を取る。

最後に冷水で腹を洗って串を刺した。

「ここに塩を振ってこんがり焼けば完成だ」

ほらよ、と、完成した串をダリアに渡す店主。ダリアはこくんと頷《うなず》いた後、それをハフハフと食べ始めた。

「美味《おい》しい？」

こくん、と、頷くダリア。

どんな味なんだろ……気になるな。

「ありがとうございました。お代はいくらですか？」

「こんなにイキがいいマグマウオを貰ったんだ。1本くらいサービスさせてくれ！」

満面の笑みでそう答える店主。

いいのかなぁ、俺このゲーム始めてからまともにお金払ってないんだけど。

お礼を言って店を後にし、再び町から少し離れて野営術を発動させる。ダリアはバリバリと骨をたいらげている最中のようだ。

「よし、じゃあさっそく実践しますか」

料理人の服に着替えて腕まくり。

先程もらったハンマーも用意済みだ。

［ダイキが焼きを発動！］
［マグマウオ☆2で調理を始めます］

びたんびたんと暴れるマグマウオをハンマーで気絶させ冷水の中へ――続けてハンマーで体の鱗を叩き落としてゆく。

「あれ、あれ?」

なんだ、綺麗に落としきれないぞ。

店主と同じようにやってるのになぁ。

「あ、素材の要求値に俺のステータスが足りてないのか」

調べてみると、マグマウオを調理するには［力強さ］のステータスが70必要で、俺のステータスは現在49だった。

これじゃ綺麗には仕上がらないよな。

俺は半分諦めて調理を進めていく。

一応、鱗は落とせたから次は内臓かな。

「やりやすいな……」

包丁のお陰かスパッと綺麗に捌ける。

テトさんの包丁ってもしかして業物《わざもの》？

地味に内臓のディテールもグロくない感じに工夫されているのが微笑《ほほえ》ましい。

最後にお腹を綺麗に洗って塩を――

そうだ、塩もないんだった。

そのまま串に刺して焚き火《たびび》の周りに差していき、丸太に座ってダリアと遊びながらしばらく待つと……

［マグマウオの串焼き］
評価：22点
効果：物理攻撃力＋5／獲得経験値量＋2％／効果時間：9分間
下処理が上手《じょうず》にできていません。ステータスを上げてみましょう。調味料・付け合わせがないため味は及第点。

できた！

といっても、今回も酷《ひど》い評価だな。

完成した4本のうち1本をダリアへ、もう1本を自分用へと皿に乗せ、残り2本はストレージに収納する。こうすることで、いつでも出来たてが食べられるというから革新的と言わざるを得ない。

いただきます。

ん、ん？

「美味しい……！」

相変わらずの薄味だが、それを加味しても魚自体の旨味《うまみ》が強くてすごく美味しい。歯応《はごた》えのあるウナギのような感じだ。

「どうかな？」

ダリアの反応は——上々だ。

足をばったばったさせて食べている。

これは美味しいぞ。

タレを作って蒲焼《かばや》きにしても良さそう。

気付くと俺の傍《そば》にダリアが立っていた。

「もう1本？」

こくり、と、頷くダリア。

そんなラリーが二度ほど続き、備蓄用の串焼きもなくなったので再び町へと戻る。

次は何をしようか。

クエスト、クエストか。

鉱石の山もあることだし、俺の採掘術《さいくつじゅつ》に関連するクエストもどこかで受けられそうな気がする。

「ダリア。ツルハシを持ってるドワーフを探してくれ」

ペチペチ。

俺は俺で武器を粗末《そまつ》なツルハシへと変更し、肩に担いで町中をうろつく――こうすることでNPCから話しかけてきたりと、突発的なクエストの発生が期待できるらしい。

ペチペチ。

「ん？　何か見つけた？」

ダリアが指さす方向に、ドワーフ達の列が見えた。全員がツルハシを担いでいる。

でかしたダリア！

俺はドワーフの列に混ざり様子を窺《うかが》った。

「おーし、揃ったな！　出発するぞ！」

「「「ウオォ!!」」」

小さい髭《ひげ》のおじさん達が進む。

キコキコとトロッコが進む。

俺とダリアはその最後尾について進んだ。

暗い暗い穴を抜けた先——幻想的な光景が広がった。

「うわぁ……！」

クリスタルの結晶のような、様々な色の半透明の石が地面から剣山のように生えており、ドワーフ達が掘るたびに鉱石がボロボロ落ちてきている。

珍しい鉱石が採り放題か？

魔石も採れるかもしれない。

「おし。ダリアは落ちた鉱石拾い役な」

その辺に落ちていたぶかぶかのヘルメットを被《かぶ》せてやると、ダリアは無表情のままこくんと頷いた。ヘルメットがずり落ちる。

粗末なツルハシを握る。

技術者の心得が発動——速い！

「初期装備だもんなこれも……」

調理術の時と同じく、採掘の際も専用の装備がいるのだろう。最初こそはじまりの平原で採掘するだけだから問題なかったが、ここまで来るとほとんど何も掘れなそうだな。

ガギン！　ガギン！　ザクッ！

失敗率9割といったところか。

それでもいくつかの鉱石は採れている。

お、魔石っぽいの発見。

「あれ、ダリア？」

鉱石拾いのダリアがいない——と思いきや、近くにいた一際小さいドワーフとなにやら楽しそうにしていた。

どうやらこのドワーフは女の子のようだ。

歳《とし》の頃は6歳くらいだろうか。

「どーん！　どーん！　どーん！」

豪快にツルハシを振るう女の子。

「ざっく！　ざっく！　ざっくー!!」

彼女の傍には大量の鉱石と大量の壊れたツルハシが散乱しており、ダリアはせっせと鉱石をトロッコまで運んでいた。

バギン！

あ、また壊してる。

「くぉらケイケイ!!　またお前は道具を粗末に使いやがって!!」

「ごめんなさーい!!」

他のドワーフに叱《しか》られながら、女の子は笑いながら新しいツルハシを取り出した。

快活な子だな。

それに……なんだろう。

「なんか他のＮＰＣと違う、のか？」

小さな髭のおじさん達しか見てこなかったからか、ケイケイと呼ばれた少女の存在がかなり浮いて見える。

ケイケイが歩み寄ってくる。

「隣いいー？」

「あ、あぁ。どうぞ」

ありがとー！　と、ケイケイ。

豪快にツルハシを振るう彼女。

俺も負けじとツルハシを振るう。

バギンッ!!

例の如《ごと》く、ケイケイのツルハシが折れた。

ケイケイは先程のドワーフの元へ、てててーと駆けて行き、どうやら新しいツルハシを要求しているように見える。しかし断られたのか肩を落として戻ってきた。

「今日はもうおしまいかぁ……」

寂《さび》しそうに俺の隣で体操座りをするケイケイ。

おっと、こうしちゃいられない。俺も採掘頑張らなきゃな。

ザクッ、ザクッ！

「……あーあ」

ザクッ、ザクッ！

「つまんないなぁ」

ザクッ、ザクッ！

「はーあ」

あああ気が散る！　すごい気が散る！

さっきまで虚空《こくう》を見ていたはずのケイケイが俺の持つツルハシを凝視している。

「分かった分かった。これ使うか？」

「わぁ!!　いいの!?」

そんな目で見られてたら無視できないよ。

その後、楽しそうにツルハシを振るうケイケイと鉱石を拾うダリアを眺めながら数分過ごしていると……。

バギンッ!!

あぁ、とうとう寿命が来たか。

付き合いは短かったけどお前のお陰でダリアと出会えたんだぞ——と、俺は根元から折れた相棒を労《ねぎら》った。

「ご、ごめんなさい……！」

「ん。いいよいいよ」

この子も天命を全うしたことだろう。

俺が［壊れたツルハシ］をストレージに戻すと、ケイケイは申し訳なさそうに表情を暗くさせた。

「ごめんなさい。ケイケイね、実は……」

何かを言いかけたケイケイは走り出し、入り口の方へと消えていったのだった。

ピコン！

［ストーリークエスト：火の申し子］が、届きました。

＊＊＊＊＊

町外れの岩場、野営術内――

「ストーリークエストが発生したってマジか!?」

息を切らせた様子で集合場所へとやってくるケンヤ。

「ああ。偶然も偶然だけど」

「おいおいビッグニュースだな」

ケンヤが作成途中の装備を投げ出してまで合流を優先させたほどだ、ストーリークエストは割と重要なのかもしれない。

新しく作ったマグマウオの串焼きを配りながら話を聞く。

「風の町でチラッと話したけど、ストーリークエストはFrontier World Onlineの物語を追っていける特別なクエストなんよ。メリットとしては経験値が多くて報酬が豪華だったりする」

「報酬？」

「専用武器だったり、スキルだったりな」

話ながらマグマウオの串焼きに齧《かじ》り付《つ》くケンヤ。

「うんま!?」

「だろ？」

「え、料理の腕あげた？」

そうだろそうだろ。

でも今回は素材が良いってだけの話だ。

「んぐ。クエストについての話に戻るけど、俺がここに来たかった理由にストーリークエストの開拓も含まれてたんだよ」

食べ切った串をビシッと向けてくる。

「なんせ火の町のストーリークエストは未《いま》だ開拓されてないからな！」

「串で指すな。ダリアが真似《まね》するだろ」

すまん、と、串を戻すケンヤ。

「とにかく火の町は鍛冶職業の聖地だし、ストーリーの報酬も鍛冶系職業用《そっちけい》だと期待できるわけだ！」

あるいは採掘系の何かだったりするのかな。

なんにしても、ケンヤにメリットがある報酬なら装備品の恩返しにもなるし良いな。

ということで、俺達はクエスト内容に従《したが》ってケイケイの元へと向かった。

クエスト開始場所はどうやらケイケイの自宅からのようだった。

「あ、いらっしゃい!!」

元気な声が出迎える。

「お邪魔するね」

「お邪魔しまーす」

俺達は遠慮なく中へと入っていく。

ケイケイの家の中は不恰好《ぶかっこう》な武器や鎧が並んでおり、作業場が大きすぎるために寝るスペースもない有様だった。

壊れたツルハシも不器用に直している様子。

名人の職場のような感じ。

「ダリアちゃん来てくれて嬉《うれ》しい!」

ケイケイとダリアは手を取り合って何やら楽しそうに交流している。いつの間に仲良くなったのか。

「うお――これイカす――!」

ケンヤもケンヤで未知の装備に興味津々といった様子で、ケイケイが再びハンマーを振るうまでゆるい時間が流れていった。

ガンッ！　ガンッ！　ゴンッ！

力強くハンマーを振るうケイケイ。

女の子とは思えないパワフルさだ。

「おっ。すげえな」

顎《あご》に手を当てたケンヤが目を見開く。

「なにが？」

「ん、いや。あのハンマーってレベル20の鍛治士専用装備で、たしか力に極振《きょくふ》り＋職業補正くらいの数値を要求されるはずなんだけど、軽々振っててビックリしたというか」

ケイケイのネームタグの横には［Lv.5］という文字が浮かんでおり、ケンヤの言うレベルを大きく下回っていることが見て取れる。

でも彼女は人族とは違うからな。

「ドワーフの種族特性とか？」

「それにしても、レベル15分の差を種族特性で補えるとかあんまり聞いたことないし」

て、ことはつまり――

「この子が特別なのか」

「ストーリー関連のキャラだしなぁ」

ひそひそと話し合う俺達をダリアは不審そうに眺めていた。

そして俺達はひとつの結論に至った。

「力が強すぎて装備が耐えられてないのか」

「何本もツルハシ破壊してるって言ってたし、そうかもしれないな」

道具を粗末にしてるわけではなく、人一倍力持ちであるが故《ゆえ》に意図せず道具を壊してしまっていたのか。

「おお、ケイケイに客人とは珍しい」

という声と共に後ろの扉が開かれる。

そこには年老いたドワーフの姿があった。

俺達が説明する前に、老人は唸《うな》った。

「そうか、ケイケイがな……」

「何も言ってないのにすごい」

「まぁある程度流れに沿うのがストーリークエストだからな」

俺達の耳打ちを他所《よそ》に老人は語り出す。

「かつての英雄も力が強すぎたという言い伝えがある。ある特殊な素材を合成して作ったハンマーは壊れることなく彼に一生涯付き添ったと言い伝えられておる」

勝手に話が進んでゆく。

「ということは、ケイケイの手に馴染《なじ》む装備を俺達で作ればいいんですね？」

ケンヤの言葉に首を振る老人。

「いや、素材さえ揃えてくれればいい」

「素材とは？」

「マグマハート、そしてオリハルコンのインゴットの2つ」

聞くからに凄そうな素材を2つか。

老人が続ける。

「インゴットは町に伝わる宝を使えばいい。主《ぬし》らにはマグマハートを取ってきてもらいたい」

「マグマハートはどこにあるんですか？」

「この火山の最深部。朽ちたゴーレムが持っておる」

「紋章が開拓済みだな。適正は20」

ケンヤが耳打ちしてくる。

つまり、あのリザード・リーダーが逃げた先に進んでゴーレムという敵を倒せばいいってことか。

「はいはい！　はーい！　ケイケイも行く！」

元気よく立ち上がるケイケイ。

レベル5のケイケイを連れて行くのは――

「ケイケイ　がパーティに参加しました」

「ケイケイ　が戦闘不能になるとクエスト失敗となります」

「え゛」

ケンヤの濁った悲鳴が響く。

ダイキ　Lv. 17
ダリア　Lv. 17
ケンヤ　Lv. 12
ケイケイ　Lv. 5

この布陣で適正20のエリアか……。

ダリアの得意な炎属性魔法もここいら一帯だとほぼ効果がないし、不安が残るな。

「これは捨て身戦法で進むしか――」

「無茶言うなって」

俺の考えをケンヤがピシャリ。

「ならどう攻略すれば良い？」

「そりゃあ最低でも回復役は必須だろ」

ケイケイが傷付いた時困る、と苦笑するケンヤ。

「でもそんなアテあるのか？」

「んー」

俺の問いに、頭に指を当て唸《うな》るケンヤ。

「アテがないこともないぞ」

「本当？　なら頼んでみようよ」

「ＯＫ。ちょっと待ってて」

どこかへ電話するケンヤ。

俺はダリアとケイケイと老人に料理を振る舞って待つことにした。

そして数分後――

「おかわり――！」

「老人にはちと多すぎるのぅ……」

コモ・ドラのステーキ３枚目に突入のケイケイと、４枚目に差し掛かるダリア。老人は爪楊《つまよう》枝《じ》でシーシーしながらお腹をさすっている。

「おーい、助《すけ》っ人《と》来てくれたぞ」

家の外から俺達を呼ぶケンヤ。

外へ出ると、そこには青髪の眼鏡《めがね》美人が立っていた。

銀色の錫《しゃくじょう》杖を横一文字に持ち、鈍色《にびいろ》の鎧に身を包んでいる。

「こちら紋章ギルドの雨天《うてん》さん」

「よろしくお願いします」

礼儀正しくお辞儀《じぎ》する雨天さん。

ミシ……！

ギュ～

ダリアが俺の手を割る勢いで力を込める。

この人のこと好きじゃないのかな？

「はじめまして、ダイキと申します。こちらは召喚獣のダリアです」

俺のお辞儀にお辞儀を重ねた雨天さんだが、俺の隣にいるダリアを見て表情を一変させた。

「か、かわいぃ……！」

と、目をハートにして近付く雨天さん。

ケンヤが咳払《せきばら》いをひとつ。

「んんっ。ダリア嬢はダイキにしか興味ないから」

「そんなことないだろ」

え？　そんなことないだろ？

雨天さんは「はっ！」と我に返ると、誤魔化すように片耳に髪をかける。

「ケ、ケ、ケンヤくんから概《おおむ》ね話は聞いてます。ゴーレム攻略なら私も最適性ですし、お役に立てると思います」

「助かります。ちなみに雨天さんの職は？」

「水属性と回復を扱《あつか》う魔法職です。戦況に応じて攻撃役と回復役どちらにも回れます」

すごい、本当に最適な人材だ！

「雨天さんは紋章ギルド8番隊の副隊長なんだぞ。レベルも20あるしな」

なぜか鼻高々のケンヤ。

ん？　ケンヤ〝くん〟？

二人の関係が気になるな。

「実は俺の嫁さんのお姉さんなんよ」

「いつも義弟《おとうと》がお世話になってますー」

「あ、これはどうも」

そういう関係か。よかった、ケンヤの嫁さんに報告せずに済みそうだ。

「この子がストーリークエストの……？」

そう耳打ちしてくる雨天さん。

俺は無言で頷く。

雨天さんは暫《しばら》く沈黙し、口を開く。

「……この際だから言いますが、実は紋章ギルドはすでに火の町のストーリークエストは開拓済みなんです」

あっけらかんと言い放つ雨天さん。

その発言に驚愕《きょうがく》の表情を浮かべるケンヤ。

「え!?　初知りなんだが」

「開拓した特権として、しばらく情報を独占したとてバチは当たらないでしょう？」

にっこりと笑う雨天さん。

流石《さすが》は日本最大ギルドの副隊長……かなりしたたかだ。

「それを言うなら、ここに来るために必須だった風の町を開拓したダイキにも恩恵《おんけい》があってもバチ当たらないよな」

「ええ、一応上から許可も貰いましたし、私が知る情報は惜しみなく流すつもりですよ」

戦力だけでなく情報まで！　心強い。

雨天さんの視線は再びケイケイへ。

「という前提がある上で話を戻しますが――私達が発見したストーリークエストの入り口と、今回の入り口が違うんですよ」

「ええ？　それって珍しいことなの？」

「珍しいというか前例がないですね」

他の町でもそんなことは一度もなかった、と雨天さん。

「てことは雨天さんの情報が無意味になる？」

「討伐目標がゴーレムなら一緒のはずです」

ほう。なんかよく分からないけど、とりあえず先に進めば分かるのかな？

「まだ行かないのー？」

いつの間にやら、ケイケイがリュックサックを背負って家の外で地団駄を踏んでいる。そしてなぜかダリアも同じようにリュックを背負って彼女の隣に立っていた。

完全に遠足気分だな。

そんなこんなで、俺達はクエスト内容に従い火山の最深部へと足を進めていったのだった。

第6章 ◆ 火山の主《あるじ》

炎を固形化させたようなモンスター〝火の精霊〟が、水の矢によって撃ち抜かれ爆散《ばくさん》する。

「ほっ！」

リザード・リーダーの攻撃を盾で受けた後、体を捻《ひね》って蹴《け》りを入れる。吹き飛ばされたリザード・リーダーが道から落下し溶岩の中へと溶け消えた。

ジュウウウウ！

お、経験値も入るんだな。

「これ戦うより落とした方が楽だな」

一通りの敵を殲滅《せんめつ》し終えた俺達は、再び火山の奥へと足を進めて行く。

エリア構造はひたすら一本道。

道幅は5人で戦っても十分なほどには広かった。

かつては炭鉱だった場所の成れの果て。

天井は低く、道には朽ちたレールとトロッコがあり、小さい人型の骨や尻尾《しっぽ》のある人型の骨が無数に点在している。

道から外れると溶岩まで真っ逆さま。

結構危険なエリアだ。

主要道から枝分かれするように道がいくつか伸びており、その先に待ち構えるのは巨大な弩《いしゆみ》バリスタだ。

「リーダーが雑魚敵《ざこてき》で出てくるの凄《すご》いな」

「だいぶステータスは下がってますけどね」

定期的に現れる敵集団の中には、集落でボスとして出たリザード・リーダーも混ざっている。

そして雨天《うてん》さんが言うように、かなり弱くなっている。

「かけ直しておくか……」

俺は強化魔法を使い、パーティ全員の体をオレンジ色の＾マークが包み込む。スキルのレベルも上がっているため、その上昇率は全ステータス＋10までに成長した。

「ダイキさんほど一人で完結できるプレイヤーはそういないですよ」

どこか感心したように言う雨天さん。

「え？　どこがでしょう」

「サブなのに盾役としての役割は十分果たしてますし、味方の強化と敵の弱体化も欠かさない。それでいて主力として召喚獣のダリアちゃんがいますし」

火力で押し切れば回復要らずですし。と、高い評価をしてくれる雨天さん。

「なんだか照れますね……いだ！」

突然ダリアが噛《か》み付《つ》いてきた！

褒められたことに対するジェラシーか!?

「つけ入る隙《すき》なさそうだなぁ、雨天さん」

「何が言いたいんです？」

あっちはあっちでなぜか険悪ムードだ。

ケイケイだけはマイペースで、鼻歌混じりに落ちてる爆弾岩をせっせとリュックに詰めている。

「それ何に使うの？」

まるでどんぐりを拾うようなノリで、爆弾岩を集める小さな背中に問いかける。

転んだら全部爆発しそうで怖いんだが。

振り返ったケイケイはニシシと笑う。

「これでマグマウオを沢山《たくさん》獲《と》ってダイキに焼いてもらうんだー！」

え、健気《けなげ》……絶対作ってあげたい。

ダリアもいつの間にか一緒になって爆弾岩をせっせと集めてるし。

なんだこの光景。

すっごい癒《いや》し。

「ん？　あれってマグマウオか？」

ケイケイとダリア越しに見えた影。

道のはるか下――溶岩の中に何かが悠然と泳いでいるのが分かる。

「なんだありゃ」

ケンヤと雨天さんも身を乗り出す。

「分かりません。ここのボスとはまた別のモンスターでしょうか」

ここを攻略してる紋章所属の雨天さんが知らないとなると、戦える類《たぐい》のモンスターではないのかもしれない。

「あれは昔からいる化け物だよ」

俺の疑問に答えをくれたのは意外にもケイケイだった。

「化け物？」

「うん。化け物がドワーフもリザードもみんな食べちゃうからここには誰《だれ》も近付かないんだ」

「新要素ですね……！」

雨天さんも驚いたような様子で目を見開く。

紋章ギルドが開拓したストーリーではこの情報が出てこなかったのだろう。

「だからここは廃坑っぽくなってるのか」

腑《ふ》に落ちたように周囲を見渡すケンヤ。

「リザードはね、住む所を広げるためにケイケイ達の作ったものを盗んで化け物と戦ったんだけど、全然倒せなかったんだって」

なるほど。リザード族が質の良い武器を持ってたのはドワーフ達が作ったものを盗んだからなのか。

色々繋《つな》がったな。

「そんな場所について来て大丈夫か？」

「だって皆のこと心配だもん」

笑顔でそう答えるケイケイ。

「…………」

もう一度その影を注視してみる。

体長はどれくらいだろう……この距離から見ても相当大きいように思える。

アレが特大のマグマウオならダリアとケイケイにお腹いっぱい食べさせられるんだけどなぁ。

「…………」

足元の爆弾岩を摑《つか》む。

「ほいっ」

「あ!!」

影に向かって投擲《とうてき》。

落下した爆弾岩がみるみる小さくなる。

爆発したかどうか肉眼で判断がつかない。

ケンヤがズイと近寄ってくる。

「な——にしてんのかなぁ!?」

「え。だって大物ゲットの予感が……」

「あんなデカい化け物相手にしてらんねーよ！　この後ゴーレムも倒さなきゃなんだぜ！」

せめてストーリークエスト終わらせてから行こうぜと続けるケンヤ。雨天さんは化け物に興味があるようで、爆弾岩を握って眼下を見つめている。

「ごっはん！　ごっはん！」

ダリアとケイケイがリュックの中から爆弾岩をポイポイと投げ込んでいる。

ドボボボボン！

今度は目に見えて爆発が起こる――が、それでも化け物はどこ吹く風といった様子で、悠然と溶岩の中を泳いでいた。

「なんで!?」

詰め寄るケンヤ。

「ごはん！」

笑顔のケイケイ。

「ドワーフ族もアイツに喰《く》われてたんだよね？　ならこっちがご飯になっちゃうじゃん！」

ケンヤの叫びが廃坑に響く。

しかしこれだけ投げ入れたのに出てこないとなると、このエリアでは戦えないボスという可能性もあるか。

化け物の影はエリアの先へ先へと泳いでいき、ついには見えなくなってしまった。

＊＊＊＊＊

「この先にゴーレムがいます」

雨天さんが指差す先に開けた空間があり、中央には岩の塊と数匹のリザード族の姿があった。

「ゴーレムってリザード族が作ったの？」

「んー、昔のすごい英雄様が採掘《さいくつ》のお手伝い用に作ったから元々はケイケイ達の物だよ」

ストーリー上の設定を説明するケイケイ。

やはりこの子だけ他のＮＰＣとは受け答えできる範囲というか、頭の良さが違うように思える。

ボス部屋を前に横並びで休憩する俺達。

「これもどうぞ」

「やったー！」

はぐはぐとラスクを頬張《ほおば》る子供達《ダリアとケイケイ》。

「キャラメルラスク」
評価：７９点
効果：物理攻撃力＋１０／魔法攻撃力＋１０／獲得経験値量＋１０％／効果時間：１５分間

簡単な素材で手早く上手《じょうず》にできました。香ばしい匂いに食欲がそそられる一品。牛乳と一緒に食べることで効果量2％UP。

［冷たい牛乳］
効果：暑さ耐性（小）
飲めば骨太で元気な子になれますよ。

俺の野営術で出した道具を使い、雨天さんが戦闘前のデザートを作ってくれたのだ。牛乳は持ち合わせだという。

「食べ物にもセット効果みたいなものがあるんですね」

牛乳を飲むとバフの効果が上がるようだ。

ラスクをひと口。

うん、これは子供が喜ぶやつだ。

美味《おい》しいのかダリアもこくこくと頷《うなず》いている。

「白ごはんとお味噌汁《みそしる》でセット効果が発動されたりもしますよ」

「へぇー面白いなそれ」

ラスクを食べながら感心するケンヤ。

肉と合うモノはなんだろう……その辺も色々調べて腕を上げていきたいな。

「ゴーレムはなぜリザード族にとられちゃったんですか？」

手際良くおかわり分を調理する雨天さんがそう尋ねると、ケイケイは足をぷらぷらさせながら上機嫌に答える。

「すごい昔に化け物に壊されちゃったんだ。きっとリザード族が化け物を倒すために、カケラを集めて直したんだよ」

思えばリザード族はやたらと罠《わな》を張って待ち構えていたけど、アレは俺達に向けるためじゃなくて化け物に対抗するためのものなのかもしれない。

そんなこんなで数分後――

「よし。じゃあゴーレム戦いきますか」

「おー!!」

俺の言葉に腕を掲げるダリアとケイケイ。

それを見て雨天さんがニコニコしている。

「ゴーレムは攻撃の際に動力が攻撃部位に移動するところが見えますので、確認できていれば避《よ》けるのも簡単です」

「ふんふん」

「攻撃のタイミングは地面へと腕を撃ち抜く際に、抜けなくなる所を叩《たた》きます。破壊できれば動力が奔走して大きなダメージを与えられますから」

先に攻略手段を知れるのは心強い。

俺達はゴーレムの攻撃パターンを頭に叩き込み、満を持してボス部屋へと進んでいく。

リザード族が何かを操作すると、岩の塊に赤の光が線のように走り――地面を轟《とどろ》かせながらソレが立ち上がった。

【ゴーレム　Lv.20】#BOSS

レベルはリザード・リーダーと同等だ。

俺達は武器を構えてゴーレムを迎え撃つ！

俺とダリアはいつもの通り。ケンヤはケイケイと共に遠くで待機し、雨天さんは一人別の場所で杖《つえ》を取り出した。

キィィン！

ゴーレムの胸の石が怪しく光る。

光はそのまま右腕へと流れていく。

右手――振り下ろしただ！

俺へと向けられた拳《こぶし》をバックステップで避けると同時に、ケンヤとケイケイが駆け出した。

地面に埋まった腕を2本のハンマーが叩き、続いて黒色の光線と水の槍《やり》が貫いた！

［ケンヤが強撃を発動！］

［ゴーレムの右腕に177のダメージ］

[ケイケイの攻撃！]
[ゴーレムの右腕に663のダメージ]
[ダリアが黒砲を発動！]
[ゴーレムの右腕に1425のダメージ]
[雨天が水の槍を発動！]
[ゴーレムの右腕に1096のダメージ]
[ゴーレムの右腕が破壊された！]
ボゴオンという轟音《ごうおん》と共にゴーレムの右腕が大破し、バランスを失ったゴーレムがよろめき膝《ひざ》を突く。
攻撃のチャンス到来だ——その時だった。
「！　ケンヤくんストップ！」
雨天さんの切迫した声が響く。
溶岩が噴き上がり、何かが現れていた。
それは、はるか眼下にある溶岩から鯨《くじら》のように飛び出して、ゴーレムの半身をいとも容易《たやす》く嚙《か》み砕《くだ》く。

【サラピュロス Lv.20】 #SECOND BOSS

それは溶岩の中を悠然と泳いでいたあの化け物だった。

見た目は鯨と鮫《さめ》が合体したような赤色の竜。

巨大な下顎《したあご》は鰐《わに》のように膨《ふく》らんでいる。

強靭《きょうじん》な四肢と岩のような尻尾。

黄色の瞳《ひとみ》は俺達ではなくリザード族に向けられていた。

『アレヲ、アレヲツカエ！』

リザード・リーダーの指示も虚《むな》しく、サラピュロスは巨大な顎でその場にいたリザード族全員を丸齧《まるかじ》りにする。

バリンッバリンッバリン！

「まじかよ……」

早くもケンヤが戦意喪失。

サラピュロスはケンヤを見下ろした。

大樹のように太い腕を振り上げる――――！

「ダイキが光の盾を発動！」

「雨天が水壁を発動！」

ケンヤはケイケイを抱きかかえ駆け出す。

サラピュロスの攻撃は俺と雨天さんの技によって一瞬だけ勢いが落ち、その隙にケンヤ達は射程内から逃げ出すことに成功した！

ズガアアアン！！！

凄まじい破壊音と共に足場にヒビが走る。

フィールドの縁《ふち》が砕けて落下し始める。

「っぶねええええ！」

「ナイスだケンヤ！　出口まで走ろう！」

戦意を失いつつもケイケイを守り抜いたケンヤに称賛を送りながら、俺達は撤退を開始した。

「ダメ元で撃ちます！」

雨天さんの足元に青色の魔法陣が現れる。

杖からはイィンと高音が発せられている。

「雨天が水龍《すいりゅう》を発動！」

現れた水の龍がサラピュロスの喉元《のどもと》に喰らい付く――も、まるで効いてないといった反応で首を振るサラピュロス。

「サラピュロスに12のダメージ」

戦ってどうこうできるレベルじゃないな。

俺達に追い付いた雨天さんが並走する。

「最大呪文《じゅもん》でも無理でした」

と、可愛《かわい》らしく舌を出す雨天さん。

「どーしろってんだよあんなの」

後ろには足場を破壊しながら追いかけてくるサラピュロス。幸い速度は遅く、このまま出口に向かえば逃げ切れそうではある。

ぎゅっと俺に抱きつくダリア。

怖いのだろうか。不安なのだろうか。

俺は脇道に置いてある罠を見つめる。

「……雨天さん、ちょっとダリアを頼みます」

「えっ？　ちょっと！」

皆とは違う方向へと向かい、そのまま巨大なバリスタへと駆け寄った。

「うちの子を怖がらせてんじゃねえぞ‼」

勢いそのままに、番《つが》えてあったバリスタの矢をサラピュロス目掛けて射出した。

砲撃の経験などない。

けどあれだけ的がデカイなら当てられる！

ガァァァァアア！！！

バリスタの矢が下顎に突き刺さり、サラピュロスは叫び声と共にその場に崩れ落ちた。

［ダイキがバリスタを使用！］

［サラピュロスに４５００のダメージ］

［サラピュロスの鱗《うろこ》が破壊された！］

雨天さんの腕の中で、すかさずダリアが魔法を放つ。

［ダリアが黒の槍を発動！］
［サラピュロスに１２０７のダメージ］
攻撃が通るようになった……！
思えばリザード族が色々ヒントをくれていたんだ。
「そうか、罠を使って倒すのか」
呆気《あっけ》に取られていたケンヤが呟《つぶや》き、「やってやらぁ」と、反対側の罠を操作――天井に備え付けられた剣山がサラピュロスの体の上に落下した。
［ケンヤが吊《つ》り天井《てんじょう》の罠を使用！］
［サラピュロスに４５００のダメージ］
［サラピュロスは動けない！］
これも凄まじいダメージが通る。
さらに天井に潰されサラピュロスは身動きが取れなくなっていた。
雨天さんの魔法が追い討ちをかける。
［雨天が水龍を発動！］
［サラピュロスに８９２のダメージ］
残り体力は１割ほど！
小さい何かが飛び上がる。
「えいやあああ!!」

ケイケイがハンマーを振り上げる！
［ケイケイの攻撃！］
［サラピュロスに１５００のダメージ］
ケイケイのハンマーが粉々に砕け散る。
しかし、彼女の攻撃はバリスタの矢を深々と打ち込み、サラピュロスは悲痛な叫び声と共にその場に崩れ動かなくなった。

［サラピュロスは倒れた］

体を粒子に変えていくその最中、ゲェと何かを吐き出すサラピュロス。

［マグマハート］

ゴーレムの核に付いていた赤色の石だ。

「よかった。これで目的も果たせた」

その赤色の石をしっかりと握る。

消えゆくサラピュロスを見送りながらホッと一息吐《つ》くと、興奮した様子でケンヤが駆け寄って来た。

「はは、すっげええ！　やったぞ!!」

「ケイケイが倒したの見たー!?」

俺の足元でぴょんぴょん跳ねるケイケイ。

生産職のケンヤにとって手に汗握るボス戦は初めてだったろうし、その熱量は推して量《はか》るべくもない。

目の前には［初個体撃破報酬］［撃破報酬］［MVP報酬］のレアアイテムが燦然《さんぜん》と輝いている。

「もう、ダリアちゃんを預けてきた時は驚きましたよ」

少し怒ったような様子の雨天さんに連れられ、猫のように体をだらーんとさせているダリアが俺を見つめる。

「今日はワニ肉だぞ」

俺が右手を突き出すと、ダリアは左手をこつんと合わせたのだった。

＊＊＊＊＊

飲めや騒げの盛り上がりを見せる火の町。理由はもちろん、サラピュロスを倒したからである。

「大したもんじゃあ！　あの化け物と対峙《たいじ》して倒してしまうとはな！」

愉快そうに酒を飲む老人ドワーフ。

笑っているが、他のドワーフ達も近付かないような場所に行かせたこの人は結構鬼畜だと思う。

まぁストーリーだからと言われればそれまでだが……。

「聞けぃ皆の者！」

老人ドワーフの言葉で辺りが鎮《しず》まる。

緊張した面持ちで前に立つケイケイ。

「かつての英雄オーガンと同じ力を持ち、異人様達と共に我等の宿敵をも倒した小さき英雄ケイケイ！　この者に我等の秘宝を用いて〝英雄のツルハシ〟そして〝英雄のハンマー〟を贈ろうと思う！」

ドワーフ族達から異論は出ない。

雄叫《おたけ》びにも似た称賛の声が響く。

老人ドワーフは黒色のハンマーをその手に持つと、町の中央にある炉《ろ》に火を灯《とも》し、黄金色の塊を投入する。

そこへマグマハートも投入。

ハンマーで規則的に叩き始める。

「さっきあのおじいさんが何個か技を使ってたけど、能力値＋５００００とか出てたぞ」

インフレする数値に苦笑するケンヤ。

俺のバフで上がるのはせいぜい10程度。

普通のプレイヤーではまず作れないよってことを言いたいんだろうな。

ゴンッ！　ゴンッ！　ゴンッ！

しばらく続いていた鎚音《つちおと》がピタリと止《や》む。

完成した2本の道具を水に入れ、上げる。

それは黄金色のハンマーとツルハシだった。

持ち手に革を巻き、老人ドワーフはそれをケイケイへと手渡す。

「試《ため》してみなさい」

「うん！」

ケイケイが金のハンマーで武器を鍛える。

振り下ろす度、七色の星が弾けて消える。

老人ドワーフが震える手で口を押さえた。

「かつてこの世を救った英雄達の武器を鍛えたというドワーフ族の英雄オーガン――彼が使っていた道具こそ、あのハンマーじゃ。伝説を目の当たりにしているようじゃ」

力が強すぎるが故《ゆえ》にまともに道具が使えなかったケイケイだが、ようやく実力に見合う道具を手にすることができたようだ。

一件落着かな？

「これは全然違うストーリーですか？」

あぐらの間に座るダリアの頭を撫《な》でながら、俺は隣に座る雨天さんにそう尋ねる。

「ええ。でもこっちのルートはケイケイちゃんも報われてますし、大正解な気がします」

「こっちのルート?」

「ストーリークエストに登場するキャラクターはほとんど固定されますが、プレイヤーの立ち回り次第で内容も報酬も変わるんです。納得いかなければやり直しも可能ですし」

なるほど、やり直しができるのか。

ケイケイが不幸になるような内容だったらやり直したかもなぁ。

「皆!」

俺達のもとへケイケイが駆けてくる。

「皆のおかげで楽しく武器作れるよ!」

勢いよく飛び込んできたケイケイを抱きとめる雨天さん。

「すごいよケイケイちゃん」

「見てた見てた! 俺も早く武器作りたくてウズウズしてきたとこ!」

ケイケイとケンヤは笑顔を突き合わせた。

子供と同じ目線になって言葉をかけられるケンヤが羨《うらや》ましい。かといって、雨天さんのような包容力も俺にはない。

人付き合いをサボってたツケだよなぁ。

「よかったな。思う存分楽しめよ」

嬉《うれ》しそうに頷《うなず》くケイケイ。

そんな言葉を伝えながら、俺は心の中で違うことを考えていた。

「(ずっと一人でやってきたんだもんな)」

事情を知らない周りのドワーフに怒られながらも笑顔を絶《た》やさず、壊れた道具を何回も修理して、寝床もあんな狭くて……。

この子は俺とよく似ている。

俺がかける言葉はそれだけでいいのか？

違うよな。

昔の俺がかけて欲しかった言葉は――


「よく頑張ったな」


彼女の目を見て、伝える。

一瞬だけ真顔になるケイケイ。

「え……？」

その目には涙が溢《あふ》れていた。

あれ？　あれ？　と、涙を拭くケイケイ。

一人はつらく、寂《さび》しいものだ。

それでも腐らず頑張ってきたんだ。

すごいよ、人として尊敬する。

「ちょっとだけ、今だけ……！」

必死に涙を拭くケイケイ。

ダリアは優しくその頭を撫でていた。

［ストーリークエスト：火の申し子］をクリアしました。

＊＊＊＊＊

「さてさて、大変なことになってきたぞ」

そう言いながらラスクを齧るケンヤ。

野営術の中で俺達は今回の報酬について話し合っていた。

ケンヤはストレージから幾つかのアイテムを取り出し、調理台の上へと並べていく。

「ゴーレムはともかくサラピュロスはしばらく討伐されないだろうから、素材一つ取っても激レアなんだな」

サラピュロスの素材はもちろん、ゴーレムの素材まで手に入っているから驚きだ。

ケンヤが雨天さんに目配せして、雨天さんはそれに頷いてみせる。

「報酬についてですが、私達はゴーレムの素材を分けてもらえれば十分ですよ」

「ええ？　いやいや、山分けしましょうよ」

雨天さんは首を振る。

「大前提として、私は元々ゴーレム討伐のつもりで助っ人《すけと》に来てますからサラピュロス討伐成功は完全にイレギュラーです。それに、クエスト発生も討伐の決め手もダイキさんの功績ですから」

「いや、でも……」

「だめです」

にっこりと言葉を遮る雨天さん。

ケンヤは身を乗り出して画面を見せてくる。

「それより見てくれよコレ!!　すごいぞコレ!!」

［ドワーフの極意］ドワーフの嗅覚により各地域の鉱石分布が分かる。鉱石の採掘成功率上昇、採掘量上昇、鉱石の加工練度上昇。ドワーフの知識により製作レシピ開拓。クリティカル率上昇、高レア度製作率上昇、経験値量増加。

これが今回のクエスト報酬だったらしい。

まだ俺は受け取っていないため詳細は分からなかったのだが、いち早く受け取ったケンヤが内容を見て騒ぎだしている。

「このスキルは歴史を変えるぞ……生産職からしたら垂涎《すいぜん》ものだぜ」

目が¥マークになっているように見える。

とりあえず装備を無償《むしょう》で作ってくれたお礼はできたようでなによりだ。

っと、報酬の話がまだだったな……。

「すみません、有《あ》り難《がた》くいただきます」

「遠慮することなんて一切ないですよ」

申し訳ない気持ちになりつつ、俺はサラピュロスから得た3つの大きな報酬を確認する。

[サラピュロスの魂] #撃破報酬
合成に使うことで特殊な効果が得られる。

[古代の刻印] #MVP報酬
使用者は古代の力が使えるようになる。

[サラピュロスの天鱗《てんりん》コスチューム] #初個体撃破報酬
分類：防具
体力+100/魔力+300/魔法攻撃力+40/魔法防御力+40/火属性魔法強化(大)/環境適

応

古龍《こりゅう》サラピュロスの力が宿ったドレス。古龍サラピュロスはかつての英雄オーガンでも討伐にいたらなかったという言い伝えがある。

魂はまた装備に合成したら力を発揮するタイプのアイテムか——といっても、山の王の杖の強化もまだだし、使えるのは結構先になりそうだ。

ドレスは初個体撃破報酬なだけあって文句なしの性能。ただ、せっかく作ってもらったケンヤの防具が早くもリストラになってしまう。

「おぉ……」

ひとまず装備させてみたが、ド派手だ。

まずダリアの頭部を飲み込むような形でワニの頭みたいなのがついており、お尻にはご丁寧に尻尾もついている。

ワニの着ぐるみを着せられ佇《たたず》むダリア。

性能を加味してもなかなか装備に勇気がいる見た目である。

「か、かわいい」

「ちっちゃいワニ人だな」

雨天さんには好評な様子。

「デザインだけ前のに変えられないかな」

「ん。なら装備選択画面から……」

ケンヤに教わった通りに進めていくと、サラピュロスの天鱗コスチュームの性能はそのままにケンヤの作ったドレスの見た目が反映されるようになった。

これ便利だな、覚えておこう。

少し不服そうにこちらを見上げるダリア。

若干気に入ってたらしい。

「なら寝る時とかあっちに着替えよう」

あの感じ、パジャマにぴったりだ。

俺の提案にダリアはこくりと頷いた。

さて、残るひとつは――

「これは……」

雨天さんが目を丸くして呟く。

「なんですかねこれ」

俺は古代の刻印とやらを手に取った。

「強力な技を会得《えとく》するために必要なアイテムですね。うちでも数えるほどしかドロップしたことありませんし、かなりレアだったはずです」

強力な技か。

それならダリアに使うのがいいな。

俺はそれを早速ダリアに使ってみた。

ダリアを中心に淡い赤色の魔法陣が地面に現れ、それが収縮、ダリアの体が薄く光る。

その光はしばらくして消えてしまった。

「？　失敗かな？」

「いえ、これの演出はこんな感じです」

ならよかった。

これでダリアは古代の技とやらをどこかのタイミングで取得できるわけか。

「よし。諸々《もろもろ》片付いたしちょっとケイケイを呼んでくるよ」

「？　なんでケイケイ？」

「してやりたいことがあるんだよ」

そう言い残し、俺はダリアを定位置に乗せてケイケイを探しに向かう――恐らく彼女は自分の家にいるはずだ。

コンコン。

「はーい！」

中から元気な声が返ってくる。

扉を開けるとそこにケイケイが立っていた。

「よかった、いたか」

「んー？」

雨天さん曰《いわ》く、クエストの報酬を受け取ることでクエスト関連のキャラはその場から消えることがほとんどのようだ。

特にストーリークエストのキャラは、クエスト以外の時に町中で会うことはほぼないのだという。

だから俺は報酬受け取りを先延ばしにしていたのだった。

「来いよ。化け物の肉食べさせてやるから」

「!!」

目を輝かせるケイケイ。

よし、宴《うたげ》の二次会と洒落込《しゃれこ》もう。

＊＊＊＊＊

調理台に乗るサラピュロスの肉。
適度に脂《あぶら》が乗った高級肉のようだ。
［サラピュロスの肉☆4］
椅子の上でナイフとフォークを握ったダリアとケイケイが涎《よだれ》を垂らして待っている。
その向かい側にケンヤが座る。
俺の横には雨天さんが補助に入った。
まずは切り分けてっと。

「あら、その包丁《ほうちょう》……」

紋章に気付いた雨天さん。

そうか、テトさんと一緒のギルドだもんな。

「あ、コレはテトさんにいただきました」

「隊長に？　お知り合いだったんですね」

そう言って、嬉しそうに笑う雨天さん。

紋章ギルドの隊長さんだったのか。

雨天さんに借りた調味料の中から岩塩を選択し軽く振るい、フライパンを火にかける。

「テトさんは10ある部隊の中でも特に強い2番部隊の隊長なんです。凄腕《すごうで》の盾役ですよ」

「へぇ、なんか見た目からして戦闘もイケそうだなと思ってました」

会話も交わしつつ肉を慎重に乗せる。

ここで下手に触ると油が抜けるそうだ。

雨天さんから助言をもらいつつ進める。

頃合いを見て肉を裏返す。

「うわあぁいい匂い！」

いつのまにかダリアとケイケイが調理場のすぐ近くにやって来ていた。椅子で待たせるのは無理だったようだ。

「盛り付けにコレ使ってくれ」

そう言ってケンヤが黒い皿を渡してくる。

黒い皿じゃないな。鉄板だ、これ。

窪《くぼ》みのついた木の板の上に皿の形をした鉄板が乗っている。

「乗せた料理に反応して温度が変わる優れものだぜ」

「すごいなこれ、作ったの？」

「もち！　ドワーフの極意で」

そう言ってＶサインを作るケンヤ。

人数分盛り付け、テーブルに置いていく。

［サラピュロスのステーキ］
評価：７７点
効果：物理攻撃力＋２０／獲得経験値量＋８％／効果時間：５分間
いい焼き具合ですね。素材の味を生かす味付けも高く評価できます。肉は寝かすことで全体に熱が通りやすくなります、試してみましょう。

お、レベル上がったぞ。

いまだかつてない高得点もゲットだ。

皆のステーキをテーブルに並べ終え、全員が胸の前で手を合わせた。

「それじゃ、無事にケイケイの道具が手に入ったのを祝して――いただきます」

俺達だけの小さなお祝い。

ダリアとケイケイはフォークで突き刺して丸齧りしている。

「美味しい？」

「お――いしー！」

天高く拳を上げるケイケイ。

ダリアもニコニコ笑顔でバンザイする。

あぁ、かわいい。作ってよかった。

頬杖《ほおづえ》をつきながら2人が食べる姿を眺《なが》めていると、雨天さんからの視線を感じた。

「？」

「あ、いえ、お気になさらず」

そう言って俯《うつむ》く雨天さん。

「ダイキに見惚《みと》れてたんだろ」

「ちょ、ちょっと!!」

ステーキをがじがじしながら呆《あき》れたように言うケンヤ。俺というより、チビ達2人に見惚れてたんだと思うけど。

「おかわりー！」

「まかせろ！」

ほぼ同時に食べ終わるダリアとケイケイ。

俺は追加の肉をどんどん焼いていき——そんなこんなで、俺達はサラピュロスの肉を半分以上食べ尽くしたのだった。

＊＊＊＊＊

ケイケイを家まで送ると、彼女はちょっと照れた様子で俺達を中へと招き入れた。

中は相変わらずの有様だが、作業場には黄金のハンマーが燦然と輝いているのが見える。

「あのね、ダイキ」

そう言って俺を見上げるケイケイ。

「ケイケイに何か作らせてほしい！」

その言葉と共に、俺の目の前にクエスト画面に似たウインドウが表示された。

[装備を2つまで作成してもらえます]

これは……クエスト報酬とは別の報酬か。

ケンヤと雨天さんが覗《のぞ》き込《こ》む。

「完全に委《ゆだ》ねる形か」

「クエストNPCに装備を作ってもらえるのもあんまり聞かないケースですね」

そのようだな。

選べるのは使って欲しい素材と、目的の装備。素材は俺の手持ちから出す形になるが、完成品がどんなものになるかは分からないようだ。

「なら、まずコレとコレかな」

俺は［山の王の杖］と［山の王ド・ギアの核］を選択すると――どうやらいけるらしい。

もうひとつはそうだなぁ。

「じゃあツルハシ作ってもらおうかな」

「あっ……うん！」

ケイケイが恥ずかしそうに頷いた。

とりあえず［壊れたツルハシ］をベースにしてもらって、使わないこの［ナイトブリンガー］も合成してしまおう。

うまくいけば技を引き継げるかも。

それと、サラピュロスの魂を使えば現状で一番強い装備ができそうだ。

よし、これでいこう。

素材を受け取ったケイケイが作業に入る。

黄金のハンマーはケイケイの手に馴染《なじ》んでいるようで、壊れる気配も一切ない。

「できたよ！」

「はやいな」
完成品を受け取り、詳細確認をする。

［山の王の杖・覚醒］#初個体撃破報酬
製作者：ケイケイ
品質：赤
分類：両手杖
体力＋60/魔力＋300/魔法攻撃力＋50/回復魔法力＋50/支援魔法力＋50/［逆境］を会得
真の力が解放された杖。山の王ド・ギアの魂が宿っており、自分のピンチで力が上がる。

いや、これは凄まじいな。
能力がほとんど2倍近くに上がってる。
逆境が発動すれば体力1／3で攻撃力は1・5倍になるのも大きい。

［古龍のツルハシ］
製作者：ケイケイ
品質：赤

分類：採掘用具
スナミナ＋270／力強さ＋150／［貫通力］
職人の手により生まれ変わったツルハシ。［貫通力］の効果で掘るのがとても楽になり、体力消費量が半減する。

こちらも素敵な逸品に生まれ変わった。

大きく伸びたステータスに加えてナイトブリンガーの貫通力もしっかり継承されており、作業時の体力消費も抑えられるようになっている。

「すごいよ、最高の作品だ」

なにより、製作者にケイケイの名前が刻まれているのが凄くいい。たとえクエストの際にしか会えなくなっても彼女の想《おも》いが宿っている装備とはずっと一緒だ。

「これからもっと腕を上げて、ケイケイの名前を世界に轟かせるんだ！」

「ならその最初の作品を俺は貰《もら》ったわけだな」

俺の言葉にケイケイは照れ臭そうに笑う。

ダリアとケイケイが熱い抱擁を交わしたのを見届けたのち、俺はクエスト報酬の受け取り画面を開いた。

［ストーリークエスト：火の申し子］

報酬
スキル［ドワーフの極意］
アイテム［火の呼び鈴］

ん？　なんかひとつ多いな。

［火の呼び鈴］ #譲渡不可アイテム
ケイケイの家の呼び鈴。鳴らすと稀《まれ》にケイケイが出てきてくれます。

どうやら今生の別れって訳じゃなさそうだ。

＊＊＊＊＊

場所は変わってはじまりの町。

転移が終わり地面に降り立つと、空は茜色《あかねいろ》に変わっていた。

「本当にいいんですか⁉」

周りのプレイヤーから視線が集まる。

咳払《せきばら》いをひとつ、雨天さんは声を潜めて再び確認する。

「紋章で情報を共有できるのは有難いですが、本当にいいんですか？」

未《いま》だ動揺した様子の雨天さん――こうなった理由《ワケ》は俺がケイケイというストーリーキャラに加え、サラピュロスの攻略法を紋章ギルドで共有してもいいと伝えたからだ。

「もちろん。あ、ケンヤが一儲《ひともう》けできるように共有は明日の夜からとかだと助かります」

「ダイキお前……」

スキ。と、抱きついてくるケンヤ。

ダリアに噛みつかれるケンヤ。

「私何もお手伝いできてないのに……」

「何を言われようと、俺一人で攻略したわけじゃないなら報酬は山分けするのが筋です」

といっても、ケイケイと知り合うために採掘に参加してツルハシを破壊させる所までは分かるが、サラピュロスの出現条件は不明確だし攻略手段も荒業だった。

道中のご飯メニューが報酬に繋がっていたとしたらかなり運が絡むが、その辺はギルドで精査して正攻法を見つけてくれるだろう。

それに、ここにはテトさんへの恩返しの意味も含まれている。

「そうと決まればこうしちゃいられねえ！　皆が未到のレシピも開拓して売って売って売り捌《さば》くぞー！」

うおおと雄叫びを上げながらケンヤは工房へと駆けていった。

「あの調子じゃ夜通しゲームやって嫁さんに電源引っこ抜かれそうだなぁ」

「ふふ、確かにあの子ならやりそうです」

雨天さんとしばらく談笑して過ごした。

ベンチに座るとダリアが俺の膝上へとよじ登り、それを見て雨天さんが微笑む。

「んじゃあ俺はダリアとちょっと遊んでからログアウトしますね。結構眠たくて」

一段落ついて気が抜けたのか――

ここにきてどっと疲れが来た。

サラピュロス戦での緊張が解けたんだな。

「なら私も一度ギルドに戻って落ちますね」

「今日は色々ありがとうございました」

「こちらこそですよ」

そう言って立ち上がる雨天さん。

ダリアがふりふりと手を振っている。

かわいい。俺もばいばいされたい。

「ダリアちゃんもばいばい。また遊ぼうね」

ダリアの頭を優しく撫でる雨天さん。

女の人は子供の扱《あつか》いに慣れてるな。

小さく手を振り雨天さんが消える。

さっきまで賑《にぎ》やかだったパーティも俺とダリアの名前だけになっていた。

「濃い一日だったなぁ」
夕焼けの空を見上げひとりごちる。
ダリアと出会って、森に挑んで、
森の王を倒して、料理に挑戦して、
笑顔に癒されて、装備を作ってもらって、
ケイケイや雨天さんと仲良くなって、
皆で騒ぎながらサラピュロスを倒して、
久々に遊んだって感じだったな――
「楽しかったな」
ダリアがこくりと頷《うなず》いた。
新しい物を拒絶するのは老化の始まりとは言うが、これは色んなことに楽しく挑戦できる良いゲームだと思う。
現実《リアル》でも料理やってみようかな。
「ログアウトする前に腹ごしらえしよっか」
ダリアが元気よく頷いた。
わかりやすい奴め。

＊＊＊＊＊

そんなこんなで中央通りの方へと進み料理屋を探す。

「こう見ると本当種類が豊富だよなぁ」

現実ではお目にかかれない光景。

和洋中だけに留《とど》まらず、よく分からない名前の料理まで本当にたくさんある。

といってもうちの子が反応するのはほぼ肉料理なのだが――

「おっ」

なんだろう、この懐《なつ》かしい感じの看板。

木造の老舗《しにせ》風料理屋さん。

風化した看板には『ベルベットばあさんの店』と書かれており、店内を覗ける大きな窓とのれんが石造りの町で異彩を放っている。

昭和の大衆酒場みたいだ。

店前にボロの原付とビールの立て看板とか置いてありそう。

「ちょっと行ってみたいな」

今ではすっかり見なくなったな。

まさかゲーム内でこういう店に出会うとは。

ダリアもぺちぺちと肯定的だったので、俺達はベルベットばあさんの店へと入る。

「いらっしゃい」

優しい声が出迎えてくれた。

店主は目尻の下がった可愛い少女。

全然ばあさんじゃない。

ベルベット　Lv.2
（あれ……この人、プレイヤーだ）

名前を見てそう悟る。

店内はとても狭く、カウンターに並ぶ5つの席と調理場だけのシンプルな作りだった。

他に客はいないようだ。

ダリアを横に座らせる。

「おしぼりどーぞ」

「あっ、どうも」

おもてなしもしっかりしてるな。

おしぼりはホカホカと湯気が立っている。

「お通《とお》しどーぞ」

コトッと、前に置かれたお皿。

牛すじ煮込みだ。

いただきます。ダリアも手を合わせる。

うっわ、これ美味しい。

「とろとろですねこれ」

「手間かけてるからねー」

そう言って笑うベルベットさん。

ご飯欲しくなるやつだこれ。

一瞬のうちに食べ切ってしまった。

「ええと注文は……」

メニューを探そうと視線を移した時、隣のダリアが微笑んでいるのが見えた。

笑ってる？

俺の料理以外に初めて笑った？

「そんな美味しかったのか？」

うんうんと頷《うなず》くダリア。

牛すじ煮込みが好きとは通じゃないか。

空の皿を見て悲しそうな顔をしている。

「これもっといただけますか？　料金は払いますから」

「はーい。どーぞ」

お皿に盛られた牛すじ煮込みがダリアの前に置かれると、ダリアは目をキラキラと輝かせて手をワキワキさせていた。

好きなのか、牛すじ煮込み――

幸せそうに食べるダリア。

「こんな嬉しそうに食べる姿は初めて見ます」

「そうなのかい？　なんか嬉しいね」

ベルベットさんが照れたように笑う。

「俺も調理スキル持ってますが、いかんせんリアルの自分が料理しないもんで……」

「料理しないのに調理スキルを？」

「ええ。ちょっと頑張りたくて」

そう言ってダリアに視線を移す。

たくさんあったのにもう食べ切りそうだ。

ベルベットさんが頬杖《ほおづえ》をついて微笑む。

「この子のために、か。優しいね」

「自己満足ですよ」

この子が肉料理が好きだったから。

俺が料理できれば出先でも作れるから。

そんな理由から取った調理術だ。

初めての料理でダリアが笑ってくれたことが、今も俺の原動力となっている。

気付けばそんな話をぺらぺらと語っていたのだった。

「相手の笑顔が見たいって気持ち……料理する人の根底にある気持ちってたぶん皆それだと思うわ」

「そうでしょうか」

「絶対そう。私《わたくし》も皆の笑顔が見たいからここでお店を開いているんだもの。無理して開店したから最初からお店ボロだけどね」

カウンターを優しく撫でるベルベットさん。

皆同じ気持ちなのか。

そうだよな。嬉しいもんな。

「コレなら調理術レベル3で作れるよ」

「えっ。まじですか？」

俺の調理術はレベル3だ。

ヒトが作った料理でも微笑むくらいだ、俺が作ったらどんな顔をしてくれるんだろう。

くすくすと笑うベルベットさん。

考えてること全部見透かされてそうだな。

「よかったら材料あげるよー？」

「あ、いえ。明日にでも自分で集めます」

ありがたい話だが――

素材集めも俺の中では既に料理だから。

「お気遣いありがとうございます」

「いいのよー。アク抜きはしっかりね」

「アク抜きですね、アク抜き、と」

「ふふふ」

そんな感じで老舗風のお店でのんびり過ごした後、俺はFrontier World Online初日を終えログアウトしたのだった。

第7章

あの笑顔が見たいから

休み明けの本日。

溜《た》まった仕事に追われながらも、合間合間にパソコンの画面を切り替えスクロール。

牛すじと大根に卵と……。

「あれ、大樹《だいき》君料理なんてするの？」

「！」

とっさに画面を最小化。

パートの森《もり》さんに覗《のぞ》かれてたようだ。

「はは。実は最近ちょっと」

俺は開き直って再び画面を戻す。

森さんは2人の子供を成人まで立派に育て上げたママさんだ。

ダリアという子供を抱えた今の俺にとっては大先輩のような存在といえる。

「なになに、ついに彼女できたの？」

「ついにってなんですか。できてないですよ」

はー安心した！　などと言う森さん。

なんで俺に彼女がいないと安心するんだ。

「大樹君に彼女できたら事務員達が数日休んじゃいそうだから」

「僕はウイルスか何かですか」

「大樹ロスよ、大樹ロス」

そう言いながらズイッと俺の画面を覗《こ》き込む森さん。

「あー、ここにネギの青の部分と生姜《しょうが》入れると臭みがなくなるよ」

なに？　ネギと生姜？

匂いを取るために、匂いの強い材料をあえて入れるのか？

「こいつらにそんな効果があるんですね」

「覚えておくと便利よ？　生姜は香辛性物質が含まれてるから肉のタンパク質とくっ付いて臭みを消してくれるの」

ふんふん、なるほど。

「ついでに聞いていいですか？　美味《おい》しく調理するなら、普通の鍋と圧力鍋だとどっちがいいんですかね」

「んー、短時間でしっかり美味しいのは圧力鍋かな」

やっぱり圧力鍋か。

このレシピでも推してたからな。

メーカーとかどこでもいいのかな。

「圧力鍋いいわよー？　カレーも肉じゃがも豚《ぶた》の角煮もシチューも美味しく作れるし」

「おお、肉じゃがも！」

「肉じゃがは無敵よ」

魚は食べるようになったけど、肉オンリーだと色々心配だからな。肉じゃがなら野菜込みで美味しいはず。

「大樹君が料理に興味を持ったのは朗報《ろうほう》ね」

腕組みをして感慨深そうに頷《うなず》く森さん。

理由を聞く前に彼女は去っていった。

＊＊＊＊＊

社内、休憩スペース——

「くっくっく。そりゃアレよ、共通の話題ができると話しかけやすくなるじゃん？」

愉快そうに笑いながら珈琲《コーヒー》を飲む謙也《けんや》。

長い時間ゲーム内でも一緒だったからか、スーツ姿に少し違和感を覚える。

「森さんは話題がなくても話しかけてくるぞ」

「森さんじゃなくだな。まぁいいか」

そう言いながらごしごしと目を擦《こす》る謙也。

よく見ると目元に隈《くま》があるように見える。

「全然寝てなさそうだな」

「あったりまえよ！　ドワーフの極意が手に入ってからというもの、採取に製作にやれること大量発生だもん。もちろんうれしい悲鳴な」

楽しいのはいいことだが、今度はゲームのやりすぎで嫁さんに取り上げられそうだな。

そうだ！　と、携帯を取り出す謙也。

「コレ入れてる？」

そう言いながら見せてくる画面には［ｆシェア］という文字が表示されていた。

「ｆシェア？」

「まぁ簡単に言えばFrontier World Onlineの携帯連携機能だよ。これでフレンド間のメールや電話機能とか、倉庫の確認とか、店の売れ行き確認とか色々できんのよ」

ほほう、便利なアプリもあったもんだ。

現実世界にいてもゲームが遊べるのか。

でも別にどの機能もあんまり必要ないな。

それに現実でもゲームに夢中ってのもちょっとなぁと思うし。

「召喚獣の世話もできる」

「なんて名前のアプリだって？」

「……fシェアな」

fシェア、fシェア。

お、あったあった。

インストールして、と。

IDとパスワードを入力、と。

マイページという画面が表示された。

「おいどこからダリアを見られるんだ」

「お前ダリア嬢に目ぇなさすぎな……」

呆れたように呟く謙也。

ゲームに入れない時もお腹《なか》が空《す》いていたり退屈そうにしてたら構ったりできるのは大きい。

謙也に教わりながら「使役モンスター」の項目を押した。


「ダリアのへや」


おお、いけたぞ。

6畳ほどの広さの何もない空間に、ダリアが隅っこに体操座りで座っている姿が映されている。頭身が変わっているため、どこかのちびキャラのようだ。

「部屋の拡張とか模様替えもできるな」

「へぇ、凝《こ》ってんな」

携帯と睨《にら》めっこの俺に苦笑する謙也。

とりあえず部屋を少し広くして、クロスも変えて床も張り替えたいな。

「課金すると色々増えるのか」

携帯の決済登録をして再チャレンジ。

薄いグレーのクロスと白のフローリング。

家具も買えるのか、ふむふむ。

白基調の家具で統一感を出してみよう。

円形のふわふわラグマットも置いてと。

「お、動き出した」

模様替えが終わり、ダリアが動き出す。

ボフンとベッドに腰掛けている。

「お絵かきセット？　これは買いだな」

「ほどほどにな」

待ってくれ今忙しいんだ。

お絵かきセットに気付いたダリアが今度はマットの上へと移動し、うつ伏せで足を動かしながら絵を描《か》き始《はじ》めた。

骨つき肉の絵かな？

遠くて見えないけど可愛《かわい》い。

「次は……」

「！注意！　おへやを楽しくさせすぎると、召喚した時に（部屋で遊んでたのに呼び出されたという不満から）親密度が下がる可能性があります！　ほどほどに！」

でかでかと警告文が現れた。

部屋が快適すぎて出たくなくなるのか。

一緒に遊べないのは嫌だな。

「このくらいにしておくか」

「いやお前いくら課金したよ」

額なんて気にして買ってないぞ。

ダリアのへやを表示したまま携帯を置く俺に、謙也は再び画面を見せてくる。

「これが本題なんだが」

それはメール画面だった。

「全世界３０００万人突破感謝御礼《おんれい》！　課金ガチャ実装、アバターメイキングチケット配布、ステータス振り直しチケット配布、スキルランダム取得チケット配布、イベントダンジョン

「海底邪竜デルグブルー復活」「無限迷宮インフィニティラビリンス」が開拓されます」

「なにそれ？」

「他のゲームでもよくあるんだぜ、何万人突破記念みたいなやつ。これの目玉はスキルチケットとイベントダンジョンだな」

スキルランダム取得チケットはその名の通り。使えるものが出るかどうかは運になるが、無償《む しょう》でスキルが1つ増えるのは大きい。

「イベントは1ヶ月後っぽいな」

イベント内容を確認。

ラビリンスはレベル無制限参加人数自由の探検ダンジョン。初心者でも金策やレベリングを楽しめるようになっているらしい。

「推奨スキルは罠《わな》の看破《かんぱ》系、気配察知系、採掘《さいくつ》系だがなくても楽しめる……か」

「死んでも外に出されるだけらしいな。ここでもドワーフの極意大活躍の予感だな！」

にししと笑う謙也。

迷路で宝探しってわけだな。

邪竜の方はボスを大勢で倒す内容。

こっちはラビリンスと日程が違うようだ。

こっちはある程度のレベルと技術が必要になってくるらしい。

なかなかワクワクするイベントじゃないか。

「あ、そうそう。大樹とダリア嬢用の採掘装備できてるよ」

思い出したかのように切り出す謙也。

あの後俺は採掘用の装備を新しく謙也に依頼していたのだ。もちろんお金も払う。

「おお。昨日の今日なのにすごいな」

「おかげ様でメキメキレベル上がったよ」

そう言いながら携帯を操作する謙也。

携帯のバイブが鳴り、通知が現れる。

「フレンドからトレード申請が届きました」

fシェアでこんなこともできるのか。

「約束通り金額も請求してくれよな」

「そうだなぁ。じゃあ2万で」

2万、2万か。

正直店売りの装備を買ったことすらないから相場が全く分からん。きっと激安なんだろうけど。

トレード画面に20，000Gを添付。

送られてきた装備を確認する。

白のシャツに黒のオーバーオール。

麦わら帽子っぽいのも送られている。

「ダリアとお揃《そろ》いなのいいな」

「性能もまあまあ良いぞ」

性能は装備してから確認しておこう。

これで採掘術も腐らず育てられそうだ。

＊＊＊＊＊

商品をうずたかく積んだパレットがずらりと並ぶ巨大棚――大きなカートを押す家族達とすれ違いながら、俺もゴロゴロとカートを転がしていた。

「まな板、包丁《ほうちょう》……と」

仕事終わりに向かったホームセンターにて、俺は台所用品を買《か》い漁《あさ》っていた。

なにせ自宅には調理器具がない。

あるのは電子レンジとケトルと皿くらい。

しっかし広いな。

どこに何があるのか全く分からん。

「何かお探しですか？」

若い店員さんが声をかけてくる。

こういうのはプロに聞くのが一番か。

「圧力鍋ってありますか？」

「ございますよ！」

そう言って案内していただいた場所にはズラリと並ぶ鍋、鍋、鍋の陳列棚が。

同じに見えるのに値段が全然違うぞ。

いや迷うな。答えは簡単だ。

「……さい」

「えっ？」

「一番いいやつください」

こうして俺は一番いいやつ（¥85，000＋税）を手に入れたのだった。

そんなこんなで帰宅した俺は、新品の調理器具と食材を並べさっそく料理に取り掛かった。

＊＊＊＊＊

ログインすると足元にダリアが現れた。

いつもの無表情で俺を見上げている。

機嫌を損なっている様子はないな。

「ええと、ただいま」

慣れない言葉はどうもぎごちなくなる。

こくり。

ダリアが嬉《うれ》しそうに頷いた。

いいなこういうの。

幸せを噛《か》み締《し》めながら定位置に登ってくるダリアを待ち、俺達ははじまりの町へと向かった。

そして数十分後。

とある畑にて――

「そら、もうちょっとじゃ！」

「ダリア！　せーのでいくぞ！」

葉部を力一杯ひっぱる。

ダリアも一部を摑《つか》んで頑張っている。

あれ、肩車されてるダリアって戦力外なのでは？

スポン！

抜けたのは大きな大きな大根。

「いやあ、君達のおかげでデカイのが採《と》れたわい。約束のおすそ分けじゃ」

汗を拭いながら嬉しそうに笑う老人。

クエスト完了画面と報酬が追加される。

［報酬：大根×30　醤油《しょうゆ》×20回分］

醤油が貰えるのもでかいな。

俺はとりあえず掲示板に載っていた食材系クエストを大量に受注し、こなしていた。

［採取クエスト：隠し味の隠し所／完了］

［討伐クエスト：増えすぎた豚達／完了］

［配達クエスト：象さんのお薬／完了］

［配達クエスト：スープに合うパンはどこ？／完了］

［協力クエスト：大きな大根／完了］

牛すじ煮込みを作る際の調味料や素材が手に入るクエストを受注してみたが、これでとりあえず一通りのクエストは完了かな。

その辺の切り株に腰掛けひと息。

ダリアがよじよじと登ってくる。

［牛すじ煮込み　調理術Lv.3～］

［必要材料：牛すじ肉、大根、こんにゃく、人参《にんじん》、長ネギ、生姜、醤油、料理酒、など］

よし、材料も一通り揃ったぞ。

「ダリア！　ご飯にしようぜ！」

ぺちぺち。

そーかそーか嬉しいか。

俺も早く食べさせたくてなんか嬉しいぞ。

野営術を発動させ、早速調理に——

［調理場レベルが足りません。野営術をLv.2までレベルアップさせてください］

ん？

＊＊＊＊＊

「先に調べればよかった……」

後悔しながら俺はスキル画面を確認する。

切り株の上に立つダリアが冷めた目で俺を見ているような気もするが、きっと気のせいだろう。

俺は野営術を発動し、レベルアップに必要な項目を再度確認する。

「ふんふん。どれだけ使ったかじゃなくてどれだけ揃えたかで経験値が上がるのか」

野営術のレベル上げはかなり特殊だ。

ひたすら数をこなせば経験値に変わる採掘術や調理術とは違い、こちらは設備の強化によってグレードを上げていくことでレベルが上がるという仕様になっているらしい。

［必要なもの：ナットウッド×250、火山石×100、御影石《みかげいし》×50（火山）、安山岩×50、砂×500、鉄鉱石×100、水霊石×2、火霊石×3］

ナットウッドは森の木を伐採《ばっさい》すれば手に入るし、残りの鉱石シリーズはドワーフの極意で場所を見ながら掘ればいい。

「おし。それじゃあ早速着替えてと」

ケンヤから貰ったタートルネックの黒ニットに大きい作業ズボン、エプロンを装備。
斧《おの》とスコップも万全だ。

［黒のタートルニット］
品質：赤
製作者：ケンヤ
スタミナ＋80／力強さ＋20／器用さ＋20／知識＋20

［作業ズボン］
品質：赤
製作者：ケンヤ
スタミナ＋50／器用さ＋20

［作業エプロン］
品質：赤
製作者：ケンヤ
力強さ＋10／知識＋15

［鉄の斧］
品質：赤
製作者：ケンヤ
力強さ＋10

［鉄のスコップ］
品質：赤
製作者：ケンヤ
器用さ＋10

俺は木の伐採に必要な［農林術］は持っていないのだが、どうやらナットウッドは最低レベルの素材であるため採れるようだ。

砂に関しては道具すら必要ないらしい。

「お、似合ってる！」

俺とお揃いの防具に着替えたダリア。

背中に斧とスコップをクロスにしている。

この中で一番大変なのはやっぱり採掘かな。

よし。それならまず火の町に行くか。

そんな調子で火の町に到着——

チリリリン。

「はーい！　あ、ダイキ！　ダリア！」

昨日の今日だがケイケイを訪ねてみた。

呼び鈴の詳細には稀《まれ》に出てくると書いてあったから、今回は単純に運が良かったみたいだ。

肩車からスルスル降りたダリアがケイケイとハイタッチ。

「よっ。暇《ひま》なら一緒に採掘いかないか？」

「いく！」

とんとん拍子にパーティ加入するケイケイ。俺達はそのままケイケイと出会った採掘場へと向かっていく。

「ダイキがドワーフの極意を発動！」

「北西１２ｍに安山岩があります」

「南東27mに鉄鉱石があります」

……

お、これは便利。

自分を中心としたソナーのように光が採掘場へと広がり、壁の向こう側にチカチカと光る反応が表れている。

「ダリア！　あっちで掘ろうよ！」

ダリアとケイケイはドタバタと別の場所へと駆けて行ってしまったので、俺は一人寂《さび》しく採掘を始めようと思う。

ここで技術者の心得が発動。

「装備のおかげかな」

光の速度はかなり遅く感じる。

タイミングを合わせてツルハシを振り下ろす。

ザンッ！　ザンッ！　ザンッ！

おい手応《てごた》えがまるで違うぞ——ケイケイが作ってくれたツルハシの性能がよく分かる。

ゴロンゴロンと落ちてくる鉱石。

目的の安山岩や鉄鉱石をはじめ、様々な種類の鉱石が手に入ってゆく。魔石の原料も思いがけず大漁だ。

そこから約2時間。

一心不乱にツルハシを振るった結果［火山石×100、御影石×50（火山）、安山岩×50、鉄鉱石×100］を達成することができた。

採掘術のレベルもかなり上がったな。

レベルが上がるにつれ成功率も上がっていくから、後半はほぼミスなく目的の鉱石を掘れていた気がする。

［採掘術　Lv.23］

「おうい、二人ともご飯にしようぜ」

それを聞くなり早足で戻ってくる二人。

在庫のある森の王の肉をステーキにして振る舞った。

採掘場に咀嚼音《そしゃくおん》が響く。

「火霊石ってどこで手に入れてたんだろ」

野営術強化に必要な素材の中で、唯一達成済みになっていたのがこの火霊石。その疑問はケイケイが解消してくれることとなる。

「それ火の精霊から出るやつだよ」

「火の精霊？　あぁ、いたなそんなの」

ゴーレムの所へ向かう最中にいた、火を固形化させたような無機質なモンスターだ。

「精霊は属性に沿った場所に住んでるから、火の精霊はここに沢山《たくさん》いるんだよ！」

たまに鍛治《かじ》の邪魔されちゃうけどね、と、楽しそうにステーキを齧《かじ》るケイケイ。
ならば残る［水霊石］は水場の近くか。
俺はワールドマップを開く。
水辺水辺……川よりも海の方が確実かな。
掲示板の情報から海への行き方を調べる。
海はどうやら［王都］というエリアを開拓して、さらに進んだところになるらしい。
王都——王都か！
インフィニティラビリンスのイベント会場が王都になるから丁度いい。
それに砂も海なら大量にあるはず。
そうと決まれば森で木を伐採してから王都へ向けて出発だ。
そんなこんなで採掘を終え、ステーキでお腹いっぱいになった俺達。
ケイケイを家まで送り届け、いざ森へ。
「またなケイケイ」
俺の真似《まね》をして手を振るダリア。
ケイケイは元気よく跳ねながら見送ってくれた。

＊＊＊＊＊

はじまりの平原を散歩気分で歩き、森へ向かって突き進む——風の町まで転移してもよかったが、王都とは方向が違うために徒歩移動となっている。

「初日がピークだと思ったけど全然だな」

完成度に感動したプレイヤーが流布《るふ》して回ったのだろうか？　むしろ開始の頃よりずっと混《こ》んでいるように思える。

稀に召喚獣を連れ歩くプレイヤーもいて、どこか嬉しい気持ちになりながら足を進めていく。

迷いの森に入ってすぐの所で、俺はダリアを降ろし斧を取り出す。目標本数は250だから結構な時間を覚悟しなければならない。

ダリアも小さい斧を持って佇《たたず》んでいる。

この辺の木は全部ナットウッドか？

技術者の心得に従《したが》って斧を振るう！

カッ！　カッ！　カッ！

3度のスイングで木が折れ始める。

倒れた木に当たり判定はなく、俺達を透過して地面に沈んでいった。

お、1本倒すと3個手に入るのか。

250本の木を切り倒すつもりだったしこれは好都合だ。

「技術者の心得で倒すのも簡単だし」

防具や道具の性能が良すぎるためか、技術者の心得は確定で成功の所に光が留《とど》まっている。

俺はただ単に斧を振るえばいい。

肉体的な疲労はない。

簡単なのは良いけど眠くなりそうだ……。

「……さん！　……なんだよ！」

「……だろう……ないか！」

ん？　なんだろ。

どこからともなく声がする。

言い争ってるようにも聞こえる。

ペチペチ。

ダリアが声のする方向を教えてくれた。

近付いていくと、声が明瞭になってくる。

「この5箇所回れれば効率いいんだよ。だーかーら、1個隣に移動しろっていってんの！　頑固なじーさんだな」

「で、でもこの座標位置でメラキノコが発生するって書いてあるんだもん。木を切られたらまた座標変わっちゃう……」

獣人族アバタープレイヤーと、小太りの人族アバタープレイヤーの言い争いだ。

言い争いというより一方的な感じだな。

「おーし、コレぶった斬ればじーさんがここにこだわる理由もなくなるわな！」

斧を振りかぶる獣人族プレイヤー。

「やめてよ！　次どこに現れるかまた調べなおしになっちゃう！」

必死に止める人族プレイヤー。

こういう状況で出しゃばっていいのかな。

ゲームマナー的なの全然分からん。

分からんけど、ちょっと可哀想《かわいそう》！

「ストップ」

「んー？」

ガサガサと茂みの中から出てきた俺達を見て獣人族プレイヤーが手を止める。

「な、なんだよ」

「いやなんとなく可哀想に思えて」

「よく知らないくせにしゃしゃり出るなよ」

ごもっともな意見だ。

俺は俺のエゴでこの場にいるわけだし。

獣人族プレイヤーにトレードを飛ばす。

「この場所を５００Ｇで譲ってくれ」

「思いもよらぬ提案だわ」

俺の提案に威勢を失う獣人族プレイヤー。

困ったら金で解決すればいいじゃないの。

ダリアがペチンと叩《たた》いてくる。

人族プレイヤーはオロオロして見守っている。

「500じゃなぁ」

「じゃあ5000でいい？」

「ごせ⁉　う、うん。いいよそれで」

よし、平和的解決！

獣人族は手を振って去っていった。

人族が何度もお辞儀《じぎ》している。

「すみません、怖くてそんな提案できませんでした」

「あ、いえ。僕も相場とかよく分からないので適当な金額出しちゃいましたけど」

なんとなく10倍にしたらすんなり話が通ると予想してのトレードだったけど。

「5000Gあれば、今の市場相場だとナットウッド250本買えるくらいですよね」

人族のプレイヤーが申し訳なさそうに呟いた。

「え？」

そう言われるとすごい損した気分だ。

まぁ過ぎたことは仕方ない。

俺は近くのナットウッドに斧を振るう。

カッ！　カッ！　カッ！

気長に伐採しますかね。

「………………」

人族プレイヤーは気まずそうにその場に座っている。

「さっきの人が言ってた効率的ってなんだったんですか？」

「えっ？」

「折角《せっかく》なのでお喋《しゃべ》りの相手になってくださいよ。僕はダイキ、この子はダリアといいます」

無言のまま隣で作業されても居心地《いごこち》悪いだろうしと声をかけてみると、人族プレイヤーは嬉しそうに顔を上げた。

「私はバモすといいます。あ、名前の由来は私の愛車ですね」

そこまでは聞いてなかったけど、打ち解けられそうで良かった。俺は作業する手を休めぬまま会話を続ける。

「さっきの質問ですが――」

「ああ、効率の話ですね！　木のオブジェクトは伐採されてから2分後に再生されるんですが、恐らく等間隔で5箇所回れば待つことなく木を伐採し続けられるからじゃないですかね」

なるほど、そういうことか。

獣人族プレイヤーのやってることも意味があったわけだ。それでも頑《かたく》なにこの場所を退《ひ》こうとしないこの人にも興味あるな。

「メラキノコって？」

その問いに、よくぞ聞いてくれたと言わんばかりに立ち上がるバモすさん。

「調理術クエストの指定納品食材です！　指定納品食材は市場での取引ができないので、こうやって現地に行って採取するしかないんですが……なかなか発生場所を調べるのが大変なんですよ」

調理術クエストの納品食材かぁ。

俺はスキルに沿ったクエストをまだ受けていないけど、将来的に着手することになるのかなぁ。

「ひとくち食べれば口の中でメラメラと燃え上がるように旨味《うまみ》が広がるって話です。それが食べたくて食べたくて……」

「いいですねそれ！」

ぜひ俺も食べてみたい、そのキノコ。

バモすさんが嬉しそうに微笑《ほほえ》む。

「運が良ければ何個も採れるから山分けしましょうよ」

「だってさ。やったなダリア」

しかめっ面で首を振るダリア。

ほんと肉以外に興味持たないなこの子は。

「キノコを使った肉料理とかってありますかね？」

「んー、肉詰めキノコとかが手軽ですかね」

肉詰めキノコ！

肉と一体になってるなら絶対食べるよそれ。そうだ、ピーマンもその手法で食べさせられるじゃないか。

「ナットウッド×250／済」

お、伐採完了っと。

俺が斧をしまうと同時に、興奮した様子でバモすさんが雄叫《おたけ》びを上げた。

「きた！　きたぞメラキノコぉ!!」

彼の見る先に、真っ赤に尖《とが》ったキノコが何個か生えていた――とても食べられそうな見た目ではないけれど、バモすさんは嬉しそうにそれを採取してゆく。

「物凄《ものすご》く運いいですよ！　全部で8個もありますし！」

嬉しそうにそれを見せてくるバモすさん。

俺は残った4つのキノコを丁寧に採った。

「メラキノコ☆5」

おお、星5食材！

サラピュロスの肉よりレア度高いぞ。

「やったあああ！　これで念願の調理術クラスアップ＋メラキノコ料理が作れる！」

何度もガッツポーズしているバモすさん。

「クラスアップ？」

「職業でいう二次転職と同じもので、スキルがある一定のレベルまで達したら受けられるクエストです。それをクリアできればスキルの格が上がってできることが増えたりしますよ！」

「へぇえ、場所を譲らなくて本当に正解でしたね」

俺にとってもメラキノコは将来的に必要になる食材ということか。

思いがけずゲットしてしまった。

「よし。俺達も目的果たしたので戻ります」

「私もそろそろ落ちようかと思います」

「なら町まで一緒に行きましょうか」

道中、バモすさんから見せられたメラキノコを見てダリアが大きく首を振る姿に癒《いや》されながら、迷いの森から平原へと戻る俺達。

森の入り口にて――

「待ちな！」

聞き覚えのある声の方向へ視線を向ける。

そこには平和的解決をした獣人族プレイヤーに加え、二人のプレイヤーの姿があった。

なんか嫌な予感がする。

「見たところ結構金を貯《た》めてるみたいだから友達呼んでまたきちゃった！」

きちゃったってなんだ。

無邪気な感じでそう叫ぶ獣人族。

適当に額を釣り上げたのは逆効果だったか。

「ダイキさんどうしよう……！」

焦った様子のバモすさんが耳打ちする。

ダリアがバモすさんの頭を撫《な》でている。

「いざ尋常にＰＫの時間だ！」

そう言って武器を構える獣人族。

彼は大剣使い、他二人は魔法使いかな。

でもよく考えたら採取用装備のプレイヤーって襲われたらひとたまりもないよな？　どうなってるんだ？

「早く着替えろよ！」

獣人族プレイヤーが叫ぶ。

「その装備の奴《やつ》らには攻撃できねーよ！」

なるほど、システム的に守られるのか。

俺はバモすさんを連れ、歩き出す。

３人組は不思議そうに顔を見合わせた。

距離はどんどん縮《ちぢ》まり――すれ違う。

「なら戦う必要ないですよね」

「あっ、そうかぁ！」

遅れてその意味に気付くバモすさん。

そう、3人は俺達が採取用装備でいる限りちょっかいを出すことができないのだ。

くるりと振り返るバモすさん。

あれ、嫌な予感がする――

「無敵・タイム」

Vサインを作って挑発するバモすさん。

なんでそんな怒らせるようなことを……。

「なんだよ！　弱虫！　毛虫！　腰抜け！」

3人組から罵倒の嵐。

完全にバモすさんのせいだコレ。

でも実際に無敵だから無視するのが平和的解決だろう。

「ぶす！　ぶす召喚獣！」

「ざこ！　ざこ召喚獣！」

……は？

いまなんつった？

後ろ歩きで戻り、3人組と再びすれ違う。

3人組は不思議そうに顔を見合わせた。

「可愛い、だろ？」

装備を入れ替え杖《つえ》と盾を構える。

遠くでバモスさんの呼ぶ声がする。

ちょっと今忙しい。

許せない奴が3人もいる。

「素通りして悪かった。今度は押し通る」

「ダイキがエリアバフを発動！」

「味方のステータスが＋15されます」

「ダイキがエリアデバフを発動！」

「鷹介《たかすけ》のステータスが－24されます」

「びんらのステータスが－18されます」

「Jオリのステータスが－27されます」

ダリアの両手に炎が逆巻く。

それは轟音《ごうおん》と共に炸裂《さくれつ》、敵を飲み込んだ。

「ダリアが逆巻く炎の舞《フレア・エクスプロージョン》を発動！」

「鷹介に3609のダメージ」

「びんらに3222のダメージ」

「Jオリに4007のダメージ」

消し炭になる3人組。

初個体撃破報酬×2の本領発揮を初めてみたが、ダリアのポテンシャルと合わさって凄まじい威力になっていた——というか4000ダメージなんて罠抜きでサラピュロスと戦えそうな数値じゃないか？

［プレイヤーを倒しました！　報酬を取りますか？］

［プレイヤーを倒しました！　報酬を取りますか？］

［プレイヤーを倒しました！　報酬を取りますか？］

いらないいらないいらない。

俺はいいえを3回選択する。

3人の体が消え去ると同時にバモすさんが駆け寄ってきた。

「圧倒的じゃないですか！」

「有無《うむ》を言わさず倒してしまいました」

装備を採取用に戻してため息を一つ。

あーあ、やってしまった。

「落ち込んでるんですか？　でも今のは完全に相手が悪質ですし——」

「泣かせてでも謝らせるべきでした」

「あ、ええと、そう……」

最初だし厳重注意ってことでいいか。

次は無限パリィの刑で絶対謝らせる。
その後は何事もなく平和に町へと到着。
バモすさんと別れ、俺達はようやく王都への道へと進み始めた。

第8章

海の向こうにある世界

王都はFrontier World Onlineに存在する拠点《きょてん》の中で最も広いとされているらしい。

全体的に白を基調とした建物が立ち並ぶ。

中央には巨大なお城と門。

そして王都全体を囲う高い壁が特徴的だ。

「さあて、すんなり着いたな」

ここに来た目的は、イベントに向け転移ポータルの登録と王都から行けるエリアにある必要な材料を採るためである。

転移ポータルの登録を済ませ、適当に王都内をぶらぶらと散策——掲示板にあったが、ポータル間の移動を使わず王都の全箇所へ歩くと2日ほどかかるそうだ。

「とりあえず食べ歩きでもする?」

ダリアはペチペチと反応する。

できれば王都ならではの料理がいいな。

海にそこそこ近いし海鮮系もありそうだ。

料理屋を探す最中、俺は道中に得たボス討伐の報酬を改めて確認していた。

［デス・ビートルの大顎《おおあご》］＃撃破報酬
鋭く硬く軽い。その凶暴さや強さゆえに市場に出回る量は少ないが、加工しやすく強い装備が作れるため一部の職人から人気が高いという。

［スキル取得券］＃MVP報酬
ランダムにスキルを取得できる券。使用後、この券は破壊されます。

［カジノ入場券］＃撃破報酬
世界のどこかにあるカジノへと入場できる。

［鋼鉄のタウントシールド］＃MVP報酬
分類：大楯《おおたて》
要求：盾役職業Lv.20以上
体力＋1000／物理防御力＋150／魔法防御力＋150／挑発の敵視上昇率（中）
鋼鉄兵が持っていた大楯。鉄壁の防御能力を誇るがその分重く動きが鈍くなる。

王都までの道で通過したエリアは6つ。

そのうち2箇所にボスが存在した。

迷いの森を東に進み［昆虫森林］へと入る。そして昆虫森林を進むと［大樹の根元］というエリアに入り、そこにいたのが巨大な昆虫デス・ビートル。

しかし虫はダリアの相手じゃない。

大幅に強化されたダリアのステータスに加えタイプの相性的に苦戦せずに撃破できた。

その後［神殿入り口］から［騎士の神殿］を通り［試練の間］に出てきたのが鋼鉄兵。

物理攻撃にめっぽう強いそうだったが、魔法オンリーな俺達は苦もなく通過できた。

「カジノ券は持っておいて、スキル取得券はまぁ今使ってもいいな。大顎はケンヤに渡すとして――コレはいらないよなぁ」

ストレージにある巨大な盾を眺《なが》める。

性能は俺の今の盾より強いのだが、コレは構えて耐え忍ぶタイプの盾。俺はパリィ主体であるため相性が良くない。

「物は試《ため》しだな。オークションに出そう」

メニューを呼び出しオークションへ。

オークションは自由に出品・落札する権利があるが、市場と違って適正価格が存在しない。

高くなる可能性もあれば、安く落とされてしまう可能性もある。

使わない物なら安かろうが関係ない。

迷わず鋼鉄のタウントシールドをいれる。

目標金額は先刻失った5000Gだが――

「お。もうこんなに入札が……」

金額は既に10，650円となっていた。

すんなり売れれば元は取れそうだ。

ペチペチ！

興奮した様子のダリア。

オークション画面から視線を前方へと移すと、カエルのイラストが描かれた料理屋が佇《たたず》んでいるのが見えた。

「カエル料理かぁ……」

味は鶏《とり》に似てるとかどうとか。

よし、ならあそこに決めた――！

そんなこんなで、俺達の前にカエルの唐揚げとお刺身が並んでいる。

2人で手を合わせる。

「いただきます」

ダリアは刺身を、俺は唐揚げをひとくち。

パリ……サクッ！

おお、いい音！　それに美味《おい》しいぞ。

鶏かどうかは分からないけど味はいい。
確かフランスだとメジャーな食べ物らしい。
「お刺身はどう？」
無表情でもぐもぐするダリア。
俺の手料理以外に対する感情が薄すぎる。
そこがまた憎めないところなんだけど。
今度は刺身の方をひとくち。
ギュッギュッギュッ！
いい歯応《はごた》え。臭みもないな。
普通に醬油《しょうゆ》をつけて食べても美味しい。
食わず嫌いで忌避《きひ》したら損する所だった。
しばらくカエル料理を堪能《たんのう》した後、俺は早速［スキル取得券］を使用してみた。
［ダイキがスキル取得券を使用しました！］
［ダイキは水泳を取得しました］
明らかに戦闘系ではなさそう。
詳細を見ると、水の中でも良く見えて、素早く動けて息も長く続くというものだった。
一応パーティ全体に反映されるようだ。
うん、ネタ寄りのスキルかな。

＊＊＊＊＊

そして次の日の夜――

仕事から帰って早速ログインし、そのまま俺達は海へと向かっていた。

行き方は王都の西門を抜けてひたすら真《ま》っ直《す》ぐ。するとエリアを越えるごとに水辺の生き物が増えてきて最終的に海に着くらしい。

「こう見るともう大体開拓済みなんだな」

てくてくと歩きつつマップに目を落とす。

開始初日はほぼ機能してなかったマップが、今やほとんどの町名が記述されている。

まぁ初個体撃破報酬とかフロンティアメリットとかを考えると、われ先に開拓したくなる気持ちも分かるけどね。

「お、潮の香りがしてきたな」

分かる？　とダリアに尋ねる。

ペチンと叩《たた》くダリア。

「これから行くのは海って所な。見渡す限りの青と飲めないくらいに塩《しょ》っぱい水。それと海の幸！」

ソワソワしてるソワソワソワしてる。

まてまて、連れて行ってあげるから。

魔石を何個か飴《あめ》のように与えつつ、遭遇する敵を蹴っては無視、蹴っては逃げ。

エリアを3つほど進んだところで遂《つい》に――

「砂場だ！」

正確には海ではなかったが、すぐ近くに水平線が見える。エリアの名前も［蟹《かに》達の海岸線］だし、いよいよ到着といった感じだ。

「じゃあ俺はこの辺で砂とってくるから」

と言い、一人せっせと砂を集めていく。

ダリアはダリアで何かを作り遊んでいる。

よーし掘るぞ！

そして小一時間後――

［砂×500／済］

ああああ終わった!!

簡単とはいえ、ひと掬《すく》い＝1つはキツイ。

思いもよらぬ時間がかかったせいか、ダリアが立派な砂のお城を築き上げている。

王都で見た城を真似《まね》しているのだろうか。

微妙に形が違うけど、そこはご愛嬌《あいきょう》か。

「じゃあ俺砲台作ってもいい？」

こくこく。

「城壁に模様つーくろっと」

こくこく。

「城下町作っといたよ」

こくこく。

ダリアとの砂遊び楽しい。

というか美術センスも高いのかこの子。

魅力が底知れないな。

「……はっ！」

現在時刻　AM　00：10
しまった全然進めてない!!

砂で遊びすぎたあ！！！！

＊＊＊＊＊

さらに次の日の夜――
残すところ［水の精霊］が落とすはずの水霊石×2になるのだが……浜辺をいくら歩いても見当たらない。

おっかしいなぁ。

「掲示板や市場にほぼ出てないんだよなぁ」

大抵のアイテムは掲示板で調べれば入手場所が、市場で調べれば出品が確認できるのだが、水霊石だけは全く出回ってないらしい。

火の精霊は溶岩の中も平気だったな。

ということは水辺ではなく水の中？

もしや海底に生息してたりか？

「でも海底になんか行け――」

いやあるな、最適なスキル。

ＩＮ［水泳］

ＯＵＴ［野営術］

ゴボボボボ！

海の中に顔を突っ込み周りを見渡す。

優雅に泳ぐ魚型モンスター。

海底にはカラフルな珊瑚《さんご》と金貨や剣。

朽ちた船のようなものもあるな。

息ができるわけではないけど、会話もできそう。視界はかなり先まで明瞭だ。

「訂正。良スキルだこれ」

隣にチャプンとダリアが顔を出す。
2人でしばらく海の底を眺めた。
ん？　あれか？
海底にキラキラと何かが回っている。
深い青色の雪の結晶のようなモンスター。
アレだ。造形が火の精霊とほぼ同じだ。
なんだ普通にいるじゃないか。
「ここから魔法当てられそう？」
ぶく。
無表情で鼻から1回泡を出すダリア。
NOってことね。
水中だとそういう返事か。
まぁ距離的に数十メートルはあるしな。
俺は思い切って水の中へと飛び込んだ。
「おお、泳ぎやすい泳ぎやすい」
両手でひとかきすると、氷の上を滑るかのような滑らかさで体が進んでいく。
視界がクリアなのも本当に助かるな。
盾はどうだ？　使えるのかな？

水を相手にパリィの試し撃ち。

流石《さすが》に水の抵抗が少しある——陸上のタイミングで考えてたら失敗するだろうな。

ザボン！

スィーッと隣までやってくるダリア。

彼女にも俺のスキルは反映されてるようだ。

「水中散歩なんて夢みたいだな」

酸素ボンベもなしに魚も珊瑚も見放題。

ダリアが海底を指差している。

早く倒しに行こうってか。

ダリアの手を引いて海底へと泳いでいく。

海底に迫るにつれ薄暗くなっている。

「この辺なら届くかな？」

海底をくるくる回る水の精霊の眼前２０メートルほどの場所まで来た。俺に手を引かれるダリアは鼻から泡を2回吹き出す。

［水の精霊　Lv.15］

よし、頼んだぞ。

ダリアの体の周りに炎が灯《とも》り、海底をオレンジ色に染める——しかし炎は魔法に変わることなくそのまま小さく消えた。

不思議そうに両手を見つめるダリア。

水中じゃ炎属性は使えないよな。

「水の中は闇属性を使おう」

ぶくぶく。

いい返事だ。

［ダリアが闇の顎《アギト》を発動！］

海底に巨大な獣の影が現れ、水の精霊を数匹巻き込み食らい付く！

［水の精霊Aに１８０７のダメージ］

［水の精霊Bに１７９８のダメージ］

［水の精霊Cに１８５５のダメージ］

後に残ったのは経験値と水霊石が3つ。

特別強いわけでもなく、海底なんてすぐ見つかるのになんで出回ってないんだろ……海を潜るスキルが実はレアとか？

いや、最初のキャラメイクの際に［魚人族］という項目もあったし、皆が行けないのは考えづらい。

「まいいか」

市場に出回ってないなら今のうちに沢山《たくさん》取ってお金稼ぎができる。水霊石は水回りの設備強化に必要だし需要もあるだろう。

ドクン！　ドクン！

なんか視界がぼやけ始めたな。

あ、息継ぎのサインかこれ。

「一旦《いったん》上がろ」

ぶくぶく。

といった具合に、俺達は何度も海底を行き来して水の精霊を倒しまくり、合計87個の水霊石を入手することに成功した。

「流石に飽きてきたな」

倒しては上がり倒しては上がりの繰り返し。息継ぎを気にしなければならない分、木の伐採《ばっさい》や採掘《さいくつ》に比べてストレスが大きい。

メニュー画面からオークションへ。


「水霊石を出品します」


「とりあえず使わない水霊石は全部オークションにかけて、と」

水霊石をとりあえず1個を10セット。

ひとつ500Gくらいになれば美味しい。

よしOK。

出品も終わったことだし、乱獲はこの辺にして散策してみるか。

「休憩してちょっと泳ごう」

ぷくぷく。

ダリアが優雅に先行。

俺はその後ろをついて行く。

海藻《かいそう》や貝、クラゲ、光る珊瑚。

どれも天然の宝の山だ。

ダリアと色々道草を食いながらあてもなく海の中を漂う――そして赤青黄色の魚の群れを追い掛けている道中で、朽ちた沈没船を見つけた。

浜辺から見えた船だ。

いつの間にかこんな所まで来てたのか。

船はどうやら底の部分を大きな生物に嚙《か》み付《つ》かれ沈没したようで、歯型と思《おぼ》しき大きなギザギザの穴が空いていた。

それにしてもデカイな。

「水の中にこれをやった奴《やつ》がいるのか……」

体が自然と震える。

ダリアはどこ吹く風と空いた穴から中へと泳いでいった。

「お。空気があるじゃん」

船の内部は外観で想像するよりずっと広かった。見渡すと苔《こけ》やフジツボだらけの剣や骨、錆《さ》びた鎧《よろい》が転がっており、船内は光る苔のおかげで明るい。

NPCは勿論《もちろん》だがモンスターすらいない。

新しいエリアというわけじゃないのか。

それにしても――

「ここで何があったんだ」

骨の数が尋常ではない。

皆が甲冑《かっちゅう》を着ているのが特徴的だ。

どこかの軍隊なのかもしれないな。

いくつかの部屋を回ってみたものの、入手できるようなアイテムは何もなかった。

足を進めていき一番奥の部屋に辿《たど》り着《つ》く。

「船長室……」

扉には霞《かす》んだ文字でそう書かれていた。

ギィと開けると、大量の海図が散乱するその部屋の中に、椅子にもたれかかった形で朽ちている骨が見えた。

足元に落ちている赤黒い剣。

どういった最期を迎えたのか想像が付く。

この人が船長だったのだろうか。

「ん？　宝箱？」

ダリアが指差す先に大きな宝箱があった。

開けていいのかな。ダメじゃないよな。

鈍い音と共に開かれたその中には金銀財宝――ではなく、鎧と地図、そして本が入っていた。

「古ぼけた地図を手に入れました」

「船長の日記を手に入れました」

「旧騎士団の鎧を手に入れました」

船長の日記？　この惨状について何か書かれているかもしれない。

俺はそれを手に取り、本をめくる。

ダリアを胡座《こざ》の中心に置いて一緒に読み進める。

『我らは遂に世界の地図に載っていない未知の大陸――魔大陸に辿り着いた。王都出港から8日、船員68名、地図は書き記した。この日より記録を開始する。王都造船所番号1-78-マンダル号船長ダルスワン・バード』

この船軍艦だったのか。

「魔大陸……」

名前からして凄《すご》そうな場所だ。

ダリアがピクリと反応を示す。

召喚獣に縁のある地なのか？

ペラリとめくる。

『1日目。

拠点を作り2つの探索隊を編成した。

特に気になるのは高い山と海岸沿いの大きな洞窟《どうくつ》。

向かうのは全員優秀な騎士達だ。きっと大きな成果を持って帰って来てくれるだろう。

それと魔大陸の砂は赤いのはなぜだろう。

彼等が殺した者達の血が染《し》み込《こ》んでいるのかもしれない——ここが本当に、我らが目指した魔族の住む地であるならば』

なかなか物騒な言葉が書かれてるぞ。

お子様には見せない方がいいな。

ダリアの頭を撫《な》で、ボックスから食べ物と魔石を出して渡してやり、俺は一人で読み進める。

『2日目。

山を見に行った探索隊の一人が帰ってきた。彼には片腕がなかった。山に入ってすぐモンスターに襲われ彼だけ隠れてやり過ごしたのだという。

モンスターはLv.220を超えていたと言った。それが本当であれば近衛《このえ》騎士団の団長でも勝つことは不可能だ。

ここは本当に我らが目指した魔大陸で間違っていなかったようだ。そしてここの生態系は我らの想像をはるかに超えていたようだ。

探索隊が戻り次第、我らは出港する』

これを見る限り、魔大陸はずっと先を想定して作られた場所だと分かるし、レベルの上限が100や200でないことも示唆している。

『6日目。

無駄と分かっているが記録を再開しようと思う。いつかこれが誰《だれ》かの目に届くことを信じて
――

残された時間も少ない、簡潔に書こうと思う。

魔大陸の山には首が2つ、腕が6本、剣を6本持った雄鹿《おじか》に似た怪物と瘴気《しょうき》に包まれた犬が住んでいた。目を合わせるな。奴等《やつら》はどこまでも追ってくる。

洞窟には見上げるほどの巨人が住む。踏まれた甲殻類《こうかくるい》のように同胞達が死んでいた。

空には毒の粉を撒《ま》く怪鳥が飛ぶ。2日目の朝、目が覚めたのは私を含めた3人だけだった。

残りの船員は絶命していた。

船は出港した。しかし船を何かが追って来ているのが見える。ここは正気でいられる場所ではない。逃げることを恥じるな。ここから逃げ、帰れただけでも英雄だ。王都が再び魔大陸に向け船を出さないことを願う。

瘴気は腕を切り落としても――』

ここで日記は終わっていた。

遺体の左腕がないのはこのためか。

「とんでもない内容だったな……」

この情報はどうしようか。

とりあえず掲示板に載せるか。

正確な情報を流せるように全てをスクショして記録する。

遺体を除いた部屋の写真から、宝箱、船、外、外から見た景色。そしてもう一度船の中の行ける範囲を見て回り俺達は浮上したのだった。

＊＊＊＊＊

ダリアと一緒に眠るのはこれで何度目だ？

ベッドに横になりながら、俺はそんなことを考えていた。

最初こそ離れて寝ていたダリアは、今では俺の腹の上に足をデーンと乗せている。

「…………」

「全然寝ないな」

時折り足をばたつかせては俺を起こすダリア。

サラピュロスの装備——赤色の竜がデフォルメされた着ぐるみ型のパジャマを着たダリアは、電気を消してから1時間経過した現在も一向に寝る気配がない。

現在夜の20時半。

時刻的に眠くなくても仕方ないのかな。

俺が体を起こすと、ダリアは無表情のままボスンとベッドに投げ出された。

「散歩でも行くか！」

と、親指を立てる俺。

ダリアはこくこくと頷《うなず》いた。

そんなこんなで王都内――

小さな怪獣を肩車して歩きながら屋台を見て回る。夜も賑《にぎ》わうゲーム内は昼間とはまた違った雰囲気が味わえる。

「快眠グッズなんて売ってないよなぁ」

不気味なアクセサリー屋の前を通りながら、俺はどうしたもんかと悩んでいた。

子供が寝ない時こうやって外に連れ出すのはきっと悪手なんだろう。でも俺は今寝かしつけるためのアイテムを何も持っていないわけで、あのまま放置より幾分かマシだと思いたい。

屋台には色々なものが並んでいる。

食べ物はもちろん、武器や薬、何に使うかも分からない人形など様々だ。

グイッグイッ。

俺の頭が4時の方角に固定される。

「人形ほしいの？」

そこには人形屋さんがあった。

布で作られたぬいぐるみだ。

ダリアはペチペチと肯定している。

「こんばんは」

「どもーいらっしゃい」

快活な店主に歓迎されながら、俺はずらりと並んだ人形を観察する。男の子、女の子、犬、猫、猿、鳥、カエル。結構な種類だ。

「お部屋のインテリアにどうだい？」

なるほど、部屋の飾り用アイテムか。

肩車の上で必死に手を伸ばすダリア。

指の先にはカエルの人形が座っていた。

パンパンに膨《ふく》らんだ体に、細くて短い手足がぷらぷらしている緑のカエル人形。ベージュ色のボタン2つで目を表現している。

「これ？」

ひょいと持ち上げると、ダリアはそれを愛おしそうに抱きしめて離さない。

可愛《かわい》くないけどこれが欲しいのか。

子供の感性分からん。

「これくださいな」

「あいよ！　500Gね！」

カエルをゲットしご満悦のダリア。

その後しばらく王都内をぶらぶらしていると、俺の後頭部にコツンコツンと何かの当たる感覚があった。

うつらうつらと船を漕《こ》ぐダリア。

よしよし、眠くなってきたな。

「帰ろっか」

こくりと力なく頷くダリア。

俺はゆっくりとした足取りで宿屋へと帰っていった。

＊＊＊＊＊

カエルの人形を抱きしめながら、ごろんごろんとベッドの上を転がるダリア。

「おかしい」

不満の声くらい出させてほしい。

いや、可愛いのはいいんだ。文句はない。

ただあんなに眠そうだったのに何故《なぜ》？

単純に俺と寝たくない、とか？

ならば無理せずログアウトするのも手か。

「…………」

いいや、このまま付き合ってみるか。

世のお父さんお母さんの気持ちも少しは分かるはず。

そしてさらに2時間後――

「トカゲ星人登場！！！」

ベッドを駆け回るダリアを追う俺。

コンセプトは「カエルを狙う悪者」で、ちょうどよくリザード族の素材もあったので、俺はトカゲ星人になった。

ダリアもなんか楽しそう。

俺もなんだか楽しくなってきた。

「まあてええ！」

俺は完全に深夜テンションだった。

そして時間は飛んで6時間後――

「はっ」

今何時だ？　朝か？

いつの間にか寝ていたようだ。

時刻は朝の5：50。

会社に行く時間にはまだまだ余裕があるが、風呂やら準備やらを考えてログアウトしておこうか。

コツン。

手に硬いものが当たる感覚。

首だけそちらへ向けると、俺の体に顔を埋《うず》める形でダリアが眠っていた。

手はツノの一部に当たったらしい。

スゥスゥと寝息が聞こえる。

「しばらく起きそうにないな」

昨日あれだけ夜更かししたからな。

その姿に思わず笑みが零《こぼ》れる。

少し名残《なごり》おしいが、仕事の間はお別れだ。

「あ……」

大事そうにカエルの人形を握るダリア。

その姿が、こう、言葉にできない！

呆《あき》れるほどに無防備で、たまらなく愛おしい。

「………」

仕事に行くのが辛いと思ったことは人生において一度もなかった。なかったのに——

「行ってきます」

ダリアの頭をひと撫でして、俺はログアウトボタンを押したのだった。

＊＊＊＊＊

いよいよ全てが整った。

はじまりの平原にて俺は店を広げる。

「野営術を開いて改造を押して――と」

現状の野営術は、ちょっとした屋根と丸太の机と椅子。狭い調理場で焚《た》き火《び》での料理といった感じだ。

これがどう変わるんだ？

期待した顔で画面を覗《のぞ》き込むダリア。

「完成まで47時間59……え？」

作成に2日？

ふつか？

ペチン。

牛すじ煮込み製作は先送りになりそうだ。

水の町にある廃船について語るスレ1
http://＊＊＊＊＊＊＊↑重要画像1
http://＊＊＊＊＊＊＊＊＊↑重要画像2
……

980.名無し冒険者
>>978 でも海竜はどうすんだよ

981.名無し冒険者
たまたま不在の時を狙ったとか？

982.名無し冒険者
泳ぐ人「海竜がいない時なんてないぞ」

983.名無し冒険者
竜コスして仲間アピしても結局食べられる水泳スキルおじさんすき

984.名無し冒険者
おじさんの話は脱線確実だろ

985.名無し冒険者
>>984　まぁあながち脱線とも言えんぞ。だって「水泳スキル」なんて水の町付近でしか使えないようなゴミでも水竜には襲われるわけじゃん？　なら画像提供者はどうやって潜水したんだって話じゃん

986.名無し冒険者
海竜の親戚とか？

987.名無し冒険者
>>986　竜人族限定とか？

988.名無し冒険者
俺魚人族だけど普通に食われたぞ

989.名無し冒険者
何枚か貼ってある写真全部本物っぽいし、どれも廃船の内外で撮ってるっぽいんよね。まぁ重要なのは日記の内容だけど

990.名無し冒険者
http://＊＊＊＊＊＊＊＊
これ次スレね

991.名無し冒険者
>>990 乙
魔界って明らか序盤で行けるような場所じゃないしレベルの情報もガチなら大発見やぞ

992.名無し冒険者
>>990 乙乙
しかも日記の内容結構やばいし

993.名無し冒険者
種族でいえば魔族と関係ありそうだね

994.名無し冒険者
竜人族だから俺一回行ってみるわ

995.名無し冒険者
>>994　俺も行くわ

996.名無し冒険者
調査隊助かるわよろしくな

997.名無し冒険者
この日記の主みたいになるなよ

998.名無し冒険者
それにしても写真に映ってる影が幼女神様にしか見えんのやけども

999.名無し冒険者
幼女神様ツノあるし魔族なら関係性微レ存？

1000.名無し冒険者
このスレッドは1000を超えました。~新しいスレッドを立ててください。

第9章 ✦ インフィニティラビリンス前編

溢《あふ》れんばかりの人人人。
イベント開始を待ちきれない様子のプレイヤーで王都は大いに賑《にぎ》わっていた。
［無限迷宮インフィニティラビリンス］
今日はサービス初のインフィニティラビリンスのイベントの日だ。
「みて！　これ絶対美味《おい》しいやつ！」
俺の指差す先には鶏《とり》の脚の照り焼きが！
ペチペチ！
あげるから、あげるって。
露店で様々な料理を食べ歩きながらイベント開始を待つ俺達。
道ゆくプレイヤーは、煌《きら》びやかな装備を纏《まと》った人から、初心者装備の人まで幅広い。
レベルや進行度も関係なく参加できるのは魅力的だな。
道には露店がずらりと立ち並び、パーティ募集や素材交換が行われている。
「ここで待てばいいのか」

そんなこんなで、巨大な時計台と鐘がそびえている王都の中心に到着。

時計台の入り口に扉があるのだが、奥は黒い膜のようなものが淀《よど》んでいるように見える。

「ここは危険だ。現在ダンジョンの入り口と繋《つな》がってしまっている」

「ちぇー」

興味本位で近づいたプレイヤーに、両隣に立つ番兵NPCの兵士達が待ったをかけた。

開始時刻まで暇《ひま》なのか何人かのプレイヤーが番兵NPCに悪戯《いたずら》をしており、しばらくした後、大勢の番兵達に連行されていった。

NPCに失礼するとああなるのか……。

「おーおーやってんねぇ」

どこからともなくケンヤが現れた。

なんか巨大なリュックを背負っている。

ダリア嬢久しぶり！　と、親指を立てて挨拶《あいさつ》を交わす2人。

会社でほぼ毎日会うがゲーム内では約1週間ぶりか。

「なんだよそのリュック」

「あん？　ストレージが溢れるのを見越して用意したんだよ。採るぞ採るぞぉ！」

ぐふふと気持ち悪い笑みを浮かべるケンヤ。

気合十分だな。

折角《せっかく》だしパーティで参加しようか。

そう提案するもケンヤは首を横に振った。

「お前ら採掘《さいくつ》オンリーじゃないだろ？　俺は中でずっと採取するつもりだから別々の方がいいぞ」

とのこと。

確かに俺達は宝箱も狙いたい。

行動目的が違うなら別の方がいいか。

俺はイベント開始までの時間を使って、メールを再確認する。

『冒険者はイベントアイテムボックスに未開拓の地図と宝の指針と危険察知のランタンを持っている。

地図は進むと死に戻りしても開拓されたままの記録になり、指針は最も近い宝箱に反応し道を示し、危険察知のランタンは危険が迫ると赤く光る。

罠《わな》も目を凝《こ》らせば抜けられるもので、モンスターも戦わずに逃げれば足は速くない。

モンスターはLv.5～50まで存在し、普通のモンスターよりも多くの経験値と稀《まれ》に宝箱を落とす。ボスモンスターは強力だが、レベルの差があっても工夫を凝らせば倒せる可能性がある。

モンスターの名前の色は落とす宝箱の色と連動しており、例えば茶色だと最下級のレア度のアイテムが、金色なら最上級のレア度のアイテムが確定で貰《もら》える。

宝箱のアイテムは全てルーレットで決まり、最も高い者から順に得られる。また、ラビリンスの壁からは珍しい鉱石も採れるが、横穴を掘っても向こう側の道とは繋がらない。イベントダンジョンでのＰＫ行為は無効となっている』

宝箱のレア度は、

（高）金→銀→白→黒→赤→青→緑→茶（低）

良いものを狙うなら金色の名前をもつモンスターを倒せばいいけどその分敵の強さも相応に高い。けれど工夫次第で全部の敵が倒せるならかなり良心的だな。

時計の針がカチリと動く。

リンゴーン！　リンゴーン！

時計台の鐘が鳴り響いた。

「始まるぞ!!」

そう誰《だれ》かが叫ぶ。

多くのプレイヤーが固唾《かたず》を飲んで見守る中、それは起こった。

上下に揺《ゆ》れる王都。

ゴゴゴという大きな地鳴り。

時計台の扉の奥、淀んだ空間が晴れていき石でできたような階段が地下へ伸びていた。

『冒険者諸君。よくぞ集まってくれた――』

番兵がズィと前に出て語り出す。

声は耳ではなく脳内に流れ込んでくる。

『ここ王都にダンジョンが出現した。これは由々《ゆゆ》しき事態だ。放置すればいずれモンスターが外に流れ出し、民に甚大《じんだい》な被害が及ぶだろう。主《あるじ》を倒さねばダンジョンが閉じることはない。諸君には先駆けてダンジョンに潜ってもらいたい。中で得たものは全て持ち帰ることを許可する！』

沸き立つ冒険者NPC。

背景を探ってしまうと、冒険者達を宝で釣って毒見視察させた後、集めた情報で兵士達が安全に攻略するような感じなんだろうな。

冒険者が主を倒せれば民や兵に被害なし。

兵達で倒せれば民の信頼が得られる。

攻略できればどっちに転んでも損しない。

ずるい仕組みだな。

「誰も攻略できなかったらどうするんだ？」

「そこはほら、大きな力で丸く収まんだろ」

俺とケンヤはイベント前の雰囲気を台なしにするやり取りを交わす。

なるほど――ゲーム的には〝誰かが攻略した〟というていで今回のイベントの幕が閉じるわけか。

『諸君にこれから配る［帰還の石］［不思議な地図］［魔法の方位磁石］［永遠のランタン］は

とても貴重で有用なアイテムだ。よく理解して使ってくれ！』
そう言って番兵が何かを渡す仕草をすると、目の前にその4つのアイテム詳細が表示された。

［帰還の石］ ♯イベントアイテム
使用すると王都の転移ポータル前へ転移できる。再使用には15分必要。

［不思議な地図］ ♯イベントアイテム
歩いた道を自動書記してくれる不思議な地図。一度刻まれた道はダンジョンから出ても消えることはない。

［魔法の方位磁石］ ♯イベントアイテム
魔法が掛けられた方位磁石。宝の方向へ針が向くようになっている。

［永遠のランタン］ ♯イベントアイテム
消えない炎が使われたランタン。

こんな有用アイテムをばら撒《ま》くなんて王都はお金持ちだな――ダンジョンは迷宮になっているわけだし、特に地図はありがたい。

『さあ冒険者よ！　いざダンジョンへ！』

番兵の合図と共にウインドウが出現。

［無限迷宮インフィニティ・ラビリンスに移動しますか？］

［Yes／No］

「そいじゃお先」

笑顔で手を振るケンヤが消えた。

周りのプレイヤーも続々と消えていく。

「いけるか？」

ペチペチ。

いい返事だ。

迷わずＹｅｓを選択すると転移が始まる。

暗い階段を降りていくようなムービーの後に、俺達は見知らぬ部屋に立っていた。

古い古い建造物の中といった感じ。

前と後ろに道があり、天井はそこそこ高く床の隅に砂が溜《た》まっている。ピラミッドの内部と言われたら納得できそうな雰囲気だ。

『ここは無限迷宮インフィニティ・ラビリンスの腹の中。足を踏み入れたら最後、攻略するか死ぬまで出ることはできない。支給された道具を駆使し、道を探し、宝を見つけ、出口を探せ』


不穏なメッセージの後、大きな生物の雄叫《おたけ》びが響く――これがイベント開始の合図だろう。

「死ぬまで出られない、か」

帰還の石があれば問題ないはずだよな？

不安になって使っちゃうプレイヤーもいるんじゃないか？

ランタンの大きさはキーホルダー大で、戦闘の邪魔になることはなさそうだ。それでいて部屋全体を照らす明るさがある。

「さあて、いきますか」

宝探しゲームか。ワクワクしてきた。

前にも後ろにも宝の反応があるぞ。

「どっちにする？」

迷ったらダリアに頼るとしよう。

ダリアは後ろ側を指さした。

よーし進んでみるか。

通路に俺の足音が響く。

あれだけのプレイヤーと冒険者NPCが入ったのにほとんど音がしないな――PK禁止って
あるくらいだから同じ空間ではあるんだろうけど、それだけ広いってことなのかな？

しばらく進む。

「ん？」

床に不自然な出っ張りを見つけた。

なんだこれ、ボタン？

上を見ると血のついた石の塊がある。

「ほいっ」

その辺の石をボタン目掛けて投げてみると、上の石が勢いよく降りてきた。

しばらくしてまた戻っていく。

怖《こわ》……開始早々死ぬ所だった。

ペチン。

はいはい、驚かせて悪かったよ。

無用心に進むのは良くないってことか。

「お」

マップに赤い点を発見。

数はひとつだけか。

進むとも引き返すともとれない動きをしている――まあだいたい予想はつくけど。

気にせず足を進めると、ゼリー状の小さな何かが道を這《は》っているのが見えた。
［ブルースライム　Lv.5］
名前と違って、名前の色は茶色の表示である。
茶色は最底辺のレア度だったな。
迷宮内に現れるモンスターは5～50とあったしこいつは比較的弱い部類のモンスターなのだろう。
ダリアの掌《てのひら》に魔法陣、そして炎が灯《とも》る。
［ダリアが炎の矢を発動！］
［ブルースライムに10のダメージ］
［ブルースライムは倒れた］
スライムは破裂音と共に消え去った。
仕事が早いよダリアさん。
［宝石虫を獲得しました］
ん？　宝箱じゃないのか。
そういえば磁石はスライムを指してたわけじゃなかったな。宝箱にならないモンスターも稀にいるってことかな。
［宝石虫］

お宝の魔力に惹《ひ》かれて飛ぶ昆虫。

アイテム詳細はこれだけだ。

宝箱の場所を教えてくれるお助けアイテムかな？

でも方位磁石と効果が重複してるよな。

「方位磁石をなくしたときの救済措置かな？」

ダリアに尋ねるも無反応だった。

早く先に進めってことかい。

「しかしダリアの攻撃でダメージが10か」

今までの数値からしたら少なすぎるな。

気になってイベントメッセージを読み返すと、その理由についてしっかりと記述されていた。

『ダンジョン内では、戦闘職、生産職、採取職でイベントに優劣がつきにくいよう調整されています。プレイヤーの体力は30固定。モンスターの体力は10~80。ダメージは量ではなく〝当てた回数〟で決定するため、非戦闘系プレイヤーでも戦闘に参加できます。しかし戦闘系プレイヤーのステータスに応じて数値が変動することがあります。最大値は10です』

なるほど、そういう仕様か。

レベル1だろうが100だろうが、生産職だろうが関係なく戦闘で活躍できる。ステータスが高い人にはアドバンテージもある。

『ダンジョン内での回復は〝回復職〟のみ限られた回数可能で、それ以外には宝箱の緑色のアイコンを選択して得られる〝回復薬〟でのみ可能です。体力が0になると王都に戻されます。再び入場しても飛ばされる場所はランダムです』

回復に制限があるのは要注意だな。

一応盾で受けたりスキルで防いだりも可能っぽいけど、純粋な盾役以外は避けとくのが無難か……。

「お。開けた空間」

さらに進んだ先に小さな部屋が現れた。

部屋の中心には丁寧に宝箱が置いてある。

[ミミック　Lv.10]

「って偽物《にせもの》じゃん！」

体術を乗せた蹴《け》りをお見舞いすると、粉々に砕けた宝箱が短く鳴いた。そのまま壁に激突すると、煙と共に普通の宝箱へと変わる。

宝箱は宝箱だったのか。

こういう罠もあるんだな。

「さて、中身はっと」

パカッと蓋《ふた》を開ける——と、記号が刻まれた2色のアイコンが宙に浮いた。

「青色の金槌《かなづち》と金床？　と、緑色の？《ハテナ》」

ゥゥン！

妙《みょう》な音と共にウインドウが開く。

『宝箱の中身は選択可能です。赤色は〃戦闘職〃に、青色は〃生産職〃に、黄色は〃採取職〃に有用なアイテムが、緑は回復薬や鉱石などのアイテムが入っています。レアリティは箱の色によって決定します』

なるほど、そういう仕組みか。

「第一優先は戦闘職用として、次点で採取職かな。緑はその他って感じか……」

とりあえず試《ため》しに緑色を選択する。

入っていたのは鉱石だった。

［ラビリンス鉱石］

透き通るような黄色い鉱石。

レアなのかどうかも分かんないな。

箱は緑色だったから最低からひとつ上。

そこまでのレア度じゃないことは確実だ。

「この調子でどんどんいくか」

そんなこんなで時間は経過し、俺達はその後3体のモンスターと遭遇し撃破する。

［宝石虫］
［宝石虫］
［ラビリンス鉱石］
なんか虫ばっかり！
その辺でダリアが更に1匹捕まえてきた。
手の中でキシキシ動く七色の昆虫。
「おっ、虫捕まえた？」
ダリアは得意げにこくりと頷《うなず》いた。
虫に触れるなんて逞《たくま》しい子だ。
しかしここまで出ると逆に怪しいな。
「方位磁石と使い道が違うのか？」
様子見で1匹解き放ってみた。
野球ボール程の七色に光る昆虫が、ビィイイインと羽音を鳴らして通路を進み始める。
「方位磁石と違う方向に向かってるな……」
やはり用途が違うのか。
俺は急いでその後を追いかける。
この昆虫——飛ぶのが速い！
道中に強い敵が出たら確実に見失うな。

虫を追いかけ右へ左へ。

「っと！」

部屋へと着くなり、虫は溶けるように消えた。

激しい戦闘音が耳をつんざく――部屋の中で、巨大な一つ目のモンスターとプレイヤーが戦っている。

［サイクロプス　Lv.30］＃赤

今まで出会った敵の中でも特に強いな。

対峙《たいじ》するのは見るからに初心者装備のプレイヤーだが、サイクロプスの攻撃が鈍いためか、一方的に攻撃を当てている。

相手の体力は全く減っていないな――

「あっ！」

岩に躓《つまず》いたプレイヤーが地面に転がると、サイクロプスは好機と見たのか棍棒《こんぼう》を振り下ろした。

ダリアの掌に炎が灯る。

［ダリアが炎の矢を発動！］

［サイクロプスに6のダメージ］

ダリアの魔法は腕に命中。
「助けるんだな。了解した」
大きなダメージは与えられなかったもののプレイヤーが避《よ》けるだけの時間は稼いだ——俺はその間へと滑り込み、盾を構える。
「加勢します」
「あ、はい」
サイクロプスが再び振り下ろす。
俺達は二手に分かれてそれを避ける。
確か事前の説明だと格上でも倒せる可能性があるって言ってたよな。
[ダリアが炎の矢を発動！]
[サイクロプスに7のダメージ]
[ダイキがエリアバフを発動！]
[味方のステータスが＋17されます]
[ダイキが弱体化を発動！]
[サイクロプスのステータスが−6されます]
格上相手だと弱体化が効きにくいな……。
標的をダリアに定めたサイクロプスに、挑発を入れて敵視を自分に向ける。
技術者の心得が発動した。

「ダリア。目を狙ってくれ」

サイクロプスが棍棒を振り下ろす刹那《せつな》――

パンッ！

シールドパリィが成功した。

［ダイキが盾弾き《シールド・パリイ》を発動！］

［ダイキの盾弾き《シールド・パリイ》が成功！　味方の攻撃にボーナスが付きます］

［サイクロプスが硬直状態《スタン》になりました。次の攻撃は確定でcriticalになります］

［ダリアが炎の矢を発動！］

［critical!　サイクロプスに10ダメージ］

ダリア最速の攻撃は見事にサイクロプスの目を貫いた――サイクロプスが地面に沈む。

あっさり倒せてしまった。

目玉が弱点だったのかな？

「とっさにパリィ使っちゃった」

避ける方向で行こうと決めたばかりなのに……癖というのは恐ろしいな。

まぁ当たらなければ問題はないけど。

「助かりましたぁ」

涙目で駆け寄ってくるプレイヤー。

俺は笑顔でそれに応える。

「あっ、幼女神様」

と、彼はダリアを見ながらそう呟《つぶや》く。

「えっ、この子のことですか？」

「はい。掲示板でよく見かけます！」

無邪気に笑うプレイヤー。

ダリアよ、君はそんな名で呼ばれてたのか――
＊＊＊＊＊

「サイクロプスは倒れた」


巨体がスウゥと消えてゆく。

そしてサイクロプスの体と入れ替わるように現れたのは赤色の宝箱。宝箱は勝手に開き、俺達の前にそれぞれ色の違うアイコンが3つずつ現れた。

「あ、これ全員平等に貰《もら》えるんですね」

「ホントですね。戦闘参加促進のためかなぁ」

報酬も取り合いではなく平等。

強さによって報酬も変わるし、これなら強敵が放置されることもなさそうだ。

「黄色を取ってみようかな」

採取職用の黄色を手に取ると、農業用のクワが手に入った。採掘《さいくつ》用の装備なら嬉《うれ》しかったん
だが、ざっくり採取職用で括《くく》られてたらこんなもんか。

「僕そろそろご飯落ちしますね！」

「あ、はい。お疲れ様です」

「ではでは！」

そう言ってプレイヤーは笑顔で手を振ると、帰還の石で消えていった。

なんか一期一会って感じだな。

よし。次だ次。

クイクイ。

「ん？」

ダリアが何かを見つけたらしい。

壁に何かの絵、かな？

いやうっすらとだけど文字も見える。

『ローランドは光の剣と盾で闇を払い時代を切《き》り拓《ひら》き英雄となった』

ふんふん。これもイベントの何かかな。

一応スクショを撮っておこう。

さて、先へ進もうか。

「そういえばさっき虫を使ったらレアな赤色に誘導してくれたな……」

偶然か？

いや、やっぱり方位磁石と効果が被《かぶ》るアイテムを用意するのは考えにくいし、もしかしたら高レアリティの宝箱がある所まで誘導してくれるのかも。

「頼むぞ虫」

次の虫を再び放つ――と、ブィィンといい調子で飛び始めた。

左へ、右へ、真《ま》っ直《す》ぐ進んで罠《わな》を避け。

開始地点からだいぶ歩いたなこりゃ。

ケンヤは今頃ニヤニヤしながら鉱石をリュックに詰めてるんだろうか。

「お、着いたかな？」

右へと曲がった先へ虫が飛んでいく。

その道からは煌々《こうこう》と光が漏れている。

またプレイヤーがいるパターンか。

とりあえず部屋を覗《のぞ》いてみるか。

カチッカチッカチッ。

不気味な音が聞こえてくる。

「黒色……」

［アラクネ　Lv.38］＃黒

紫色の体を持った8本足の虫。
不気味な液体が滴る顎《あご》をカチカチと鳴らしながら、20名ほどいるプレイヤーを蹂躙《じゅうりん》している。

うわぁどうしようかな。
ペチペチとダリアが叩《たた》く。
行けってか？　まあそうなるよな。
見たところ戦っているプレイヤーに盾役はいないが、回復役がいるのは大きいな。
ダメージを稼いでるのはあの女の人か。
ん？　あの後ろ姿は——

「溶解液きます！」
女性の声に反応したプレイヤーは9人。
残りは蜘蛛《くも》の吐いた液に溶かされ消えた。
［ダイキがエリアバフを発動！］
［味方のステータスが＋17されます］
［ダイキが弱体化を発動！］
［アラクネには効果がありません］

レベル38じゃそりゃ無理だよな。
回復役がいるなら多少強引に立ち回ってもいいよね。
ひとまず敵視を自分に向け［岩の盾］と［光の盾］の重ねがけで攻撃を受け止めた！
［ダイキに2のダメージ］
［ダリアが炎の槍《フレイム・ランス》を発動！］
［アラクネに4のダメージ］
［アラクネの糸の鎧《よろい》が溶けていきます］
よし、ダリアの火の攻撃は有効だな。
「雨天《うてん》さん、加勢しますよ」
「ダイキさん!?　ダリアちゃん！」
偶然にもそこには雨天さんの姿があった。
喜びも束《つか》の間《ま》――アラクネが動き出す。
［アラクネが蜘蛛の子散らしを発動！］
［子グモA～Gが現れました］
お尻から大量の子グモが生まれてきた。
すかさずダリアが炎を帯びる。
逆巻く髪。瞳《ひとみ》が白く光る！
［ダリアが魔炎牢《まえんろう》を発動！］

［アラクネは炎の檻《フレイム・プリズン》に閉じ込められた］
［アラクネに3のダメージ］
［子グモA～Gに10のダメージ］
ダリアの魔法はアラクネをも飲み込み、恐ろしい火力によって子グモ達はひとたまりもなく消え去った。
敵増加のあの状況を一人で片付けたぞ。
プレイヤー達からどよめきの声が上がる。
［アラクネに2のダメージ］
炎の檻から出られないアラクネ。
継続ダメージも発生している。
「すげえ、状況が一変したぞ」
「おっしゃ倒せるぞ！」
そして数分後――
［アラクネは倒れた］
地鳴りとともに巨大蜘蛛が地に伏すと、数秒の静寂《せいじゃく》の後、わっと歓声が上がった。
「撃破!!」

「お疲れ様ー！」

「こんな緊張したボス戦初めてだ！」

結局残ったのは10人だけだった。

溶解液の発動前に参戦できていればと悔やまれる。

「本当、助かりました」

眉をハの字にした雨天さんがやって来る。

てっきりギルドでの参加だと思ってたけど、周りに同じ格好のプレイヤーはいない。

「火の町の借りは返せましたね」

「アレも私何もしてないですよ。むしろ私の借りが増えちゃいました」

ホッとしたように微笑《ほほえ》む雨天さん。

他のプレイヤーも集まってきた。

いいな、戦闘後の和気藹々《わきあいあい》とした時間。

一時的でも一緒に戦うと仲間みたいだ。

今度は全員とフレンド登録を済ませていく。

「ダリアが噛《か》み付《つ》いてくるのはなぜだ」

稀《まれ》に叩くでもなく噛み付くことがある。

満腹度：55%

お腹空いてるってことか？

「いやったぁ！！！　上位互換武器！」

「見て見て！　可愛《かわい》いローブ出たよ！」

「うそだろ、単なる回復薬か……？」

皆の一喜一憂する声がこだまする。

アラクネの色は黒、報酬も期待できる。

「お。きたきた」

運良く戦闘職用も出た。

これで鎧とか盾、杖《つえ》が出たら美味《おい》しいぞ。

［偉大な魔導士の指輪］
分類：指輪
魔力＋300/魔法攻撃力＋50/魔法防御力＋50/属性魔法威力1・2倍
かつて巨大な魔物から多くの民を救ったとされる偉大な魔導士の指輪。使用者の魔法属性に合わせて色が変わる。

お、これは有用アイテムゲットだ！

早速ダリアにあげよう。

察したダリアがスッと手を差し出す。

「なぜ薬指だけさし出す」

しかも左手。

雨天さんがクスクス笑っている。

全く、どこでそんなの覚えてきたのやら。

「はいピッタリ」

人差し指にはめてやると、しばらく恨めしそうにこちらを見上げていたダリアは、指輪の美しさに見惚《みと》れているようだった。

金色の金属に細かい彫刻が施されており、透き通った白色の石が赤へと変わる。

「先程は加勢助かりました、体力回復させておきますね！」

「おお、助かります」

そんなやり取りをしたのち、俺達は皆が旅立つのを見送った。

＊＊＊＊＊

オルティアの花の紅茶。

満月の夜にしか咲かない花で、香りは上品かつ甘い。その魅惑の香りで、眠りについた働《はたら》き蜂《ばち》を起こして受粉させるのだという。

俺達は駄弁《だべ》りながらお茶会をしていた。

花の香りが部屋いっぱいに広がる。

「美味しい」

上品な味わい。品のいい甘さだ。

クッキーも焼きたてサクサクだ。

「おかわりどうです？」

「じゃあお言葉に甘えて」

心が休まるなぁ。

戦闘の緊張や仕事の疲れが抜けてゆく。

とてとてと雨天さんに近寄るダリア。

「ダリアちゃんもおかわり？」

こくこく。

ティーポットから紅茶が注がれていく。

おかわりをもらったダリアが俺の隣へと戻り、紅茶と共にクッキーを頬張《ほおば》った。

「雨天さんは紋章ギルドの方々と一緒に潜らないんですね」

「ええ。私はこの後用事があるので個人で潜ることにしたんです。他のメンバーはパーティ単位で参加してるはずですよ」

そういう事情なら仕方ないな。

テトさんも参加してるのかな。

そんな調子で俺達はしばらく駄弁り、話題はイベントについて切り替わっていく。

「あ、その文字なら私も見つけましたよ」

俺が撮ったスクショを見た雨天さんも、同じようにしてスクショを撮っていたらしい。

『英雄レノーラスの歌声は全ての生き物に愛されていた。ハープの音色を合わせることで、孤高の神獣も彼女に恋をしたそうだ』

『数々の逸話を持つ英雄ノクスだが、その大剣で大陸を割ったことは今なお剣士達の間で――』

こんな感じの文章が4つ。

それぞれ英雄達の逸話が書かれているだけのようだ。

「何か意味があるんですかね？」

「でしょうね。それかストーリーの伏線？」

うーむ、謎が謎を呼ぶ。

「そうだ。これ差し上げますね」

そう言って何かを渡してくる雨天さん。

何かの地図？

「地下3階への転移スクロール」

地下3階って、迷宮のことか？

「いや差し上げますって……」

「どうぞ遠慮なさらず。そろそろ落ちる時間ですし、他のメンバーはさっき言ったようにパーティ単位で参加してますから」

コレは一人専用ですから。

そう説明する雨天さん。

「下の階層に行くほどに敵が強くなり、良いアイテムも手に入るそうですよ」

「そう聞いてますけど……すみません、お茶もご馳走になったのに。じゃあ有《あ》り難《がた》くいただきます」

名刺ほどの大きさのソレを受け取った。

コレを使えば一気に地下3階か。

俺が受け取ったのを確認すると、雨天さんは満足そうに立ち上がる。

「では私はこれで落ちますね」

また遊んでください――そう言いながら、帰還の石を使って消えていった。

「優しいお義姉《ねえ》さんがいて謙也《けんや》は幸せだな」

料理もできて気遣いができて。

ダリアが俺の頭に噛みついた。

「よーし、善は急げだ」

ダリアに頭を齧《かじ》られながら、俺は先ほどもらった転移スクロールを手に持った。

使用するを選択すると、スクロールが消える。

ミミズが這《は》ったように開拓された地下1Fのマップが真っ白なマップに切り替わり、そこには地下3Fと書かれていた。

転移完了か。

「とりあえず宝箱探し続行かな」

地下に行くにつれ強敵が増え、そのぶん報酬の質も上がるらしい。

手持ちにある虫を投げると、宝を見つけたのかブィィンと飛んでいく。俺達はその後を追った。

虫が開けた空間へと飛んでゆく。

どうやら目的地に着いたらしい。

「酷《ひど》い目にあった……」

難易度が上がるとは聞いてたけど、露骨に罠《わな》や雑魚《ざこ》敵の量が増えてる。特に罠には工夫が凝らしてあり目視では到底看破《かんぱ》できない。

ダイキ　18／30
ダリア　27／30

特に毒矢が厄介だった。

持続ダメージでかなり体力減ったぞ。

「おちおち休んでもいられなそうだな……」

目の前には、大勢のプレイヤーが炎を纏《まと》った獅子《しし》と戦っている光景が広がっていた。

［炎帝ディリオン　Lv.45］＃銀

鬣《たてがみ》が炎、体毛は黒く目の白い獅子。
どうやら近付くだけで体力が減る様子。
参加プレイヤーは確認できる限り12人。
［ダイキがマジックバフを発動！］
［ダリアの魔法攻撃力が31上昇］
俺が火力を上げると同時に、ダリアは杖を前に構え黒の魔法陣を体に纏う。
［ダリアが破壊の黒斧《くろおの》を発動！］
炎帝ディリオンの足元からヌゥッと現れた巨大な斧が天井スレスレまで伸びてゆく。そして
ダリアの動きに合わせ、まるでギロチンの如《ごと》く振り下ろされた。
［炎帝ディリオンに1のダメージ］
「1……？　硬すぎるだろ」
叩き出されたのは絶望的な数字。
ダリアの魔法を持ってしても1か。
空間内に獣《けもの》の雄叫《おたけ》びが響き渡る。

炎帝ディリオン　44／72

合流するまでにかなり減らしているようで、俺達の参戦に気付いたプレイヤーが声を上げる。

「助っ人か、助かるよ！」

「すみません、奇襲かけたつもりが全然減らなくて」

「いやコイツはそういうボスらしい！　遠距離攻撃できる人なら心強いな……ボスの足止めは俺達がやるから、アナタは壁に水が漏れてヒビが入っている場所を探してくれないか？」

壁にヒビ？

見れば所々に穴の空いた壁が確認できる。

その穴からは微量の水が滴《したた》っていた。

「このボスには物理も魔法攻撃もほとんど通らないんだ！　ただ一つ、有効打を与えられるのは壁のヒビだけ！」

なんだ、どういう意味だ？

まあいいや！　壁のヒビだな！

「しっかり捕まってろよ！」

ダリアがペチペチと返事をする。

俺が駆け出すのを見届けたプレイヤーは、再び炎帝ディリオンの方へと駆けて行った。

空間は広く、大きな体育館ほどあった。

俺は言われるがまま、壁のヒビを探す。

ペチペチ。

「あれか？」

ダリアが見つけた先――天井から、水の滴るヒビを見つけた。

これを壊して水を浴びせるってことか？

「ありました！」

俺の声に戦闘中のプレイヤーが反応した。

盾役が俺達の方へと下がってくると、炎帝ディィリオンもまたこちらへと向かってくる。

「ヒビの真下に着いたら壁の破壊を！　壁にも耐久値があります！」

盾役が怒鳴るように声を発した。

やはり水をぶつける作戦のようだ。

「ダリア、頼んだぞ」

俺の言葉にダリアはペチペチと応える。

ダリアの周囲に無数の炎の槍《フレイム・ランス》が現れた。

「ダリアが炎の槍《フレイム・ランス》を発動！」

「壁に1のダメージ」

「壁　12／13」

ダリアは次々に槍を射出させてゆく。

［ダリアが炎の槍を発動！］
［壁に1のダメージ］
［壁　5／13］
盾役がヒビの真下を通過する刹那《せつな》――
ダリアの最後の槍が壁に激突した。
［ダリアが炎の槍を発動！］
［壁に1のダメージ］
［壁　0／13］
［壁が破壊され聖水が流れ出ます］
鉄砲水の如《ごと》く流れ落ちる大量の水。
炎帝ディリオンはその体に水を浴び、一際大きな雄叫びを上げる！　聖水は炎帝ディリオンの炎をみるみる消してゆく。

炎帝ディリオン　4／72

40ダメージ!?
俺が驚くのも束の間、プレイヤー達が一気に畳《たた》み掛《か》け、炎帝ディリオンは力なく倒れ伏したのだった。

またしても大歓声。

今回俺達が合流してからの脱落者はいなかったのも地味に嬉《うれ》しい。

「いやー完璧なタイミングありがとう！」

俺に指示をくれたプレイヤーが歩み寄る。

その後ろには盾役もいて、感謝の言葉を口にしている。

「この子がやってくれました」

「ほう！　ちっちゃいのに優秀だねぇ」

褒められて得意げなダリア。

俺は先程の一連の戦い方について尋ねる。

「ん？　壁のヒビについてか？」

そのプレイヤーは快く教えてくれた。

「ボスの第一発見者には、討伐のための重要ヒントが流れるんだ。今回のボスも単純な戦闘では苦戦は必至だったはずだし、結構助かるよね」

なるほど、倒せない時用の救済措置か。

ボスモンスターは強力だが、レベルの差があっても工夫を凝らせば倒せる可能性がある――ってのはコレを意味していたのか。

「いやー、壁伝いのヒビは全部壊しちゃって、残りは天井付近のばっかだったからさ。おまけに遠距離系が全滅でジリ貧だったんだ」

「いいタイミングで参加できたんですね」

「そりゃあもう！　それに壁を壊すタイミングも結構シビアでさぁ、ボスも避《よ》けるし大したダメージ入らなかったんだよ」

そう言ってそのプレイヤーは笑った。

さて、お待ちかねの宝箱の時間だ。

「めちゃかっこええ剣でたぁ!!」

「職違うけど高性能防具きた！」

皆の歓喜の声が聞こえる。

俺の前に並んだアイコンは全て緑だった。

「全部消費アイテムかよ……」

どれを選んでも一緒だと適当にタップしてみると、２つ全てが開封された。

「レア度が高くなると全部貰えるのか？」

なら余計に戦闘職用の報酬が良かったのだが、ごねても仕方ないので中身を確認していく。

［冒険者の落とし物］
地下3階の道が全て描かれた地図。誰《だれ》かの落書きもあるぞ

［貴重な回復薬］

パーティの体力を＋10まで回復する

うわー、正直微妙だなぁ。

「そうそう。微量だけど回復しておくね」

「あ、どうもすみません」

報酬のしょぼさに嘆いていると、先程のプレイヤーが駆け寄ってきた。

いい物が出たのかホクホクの顔だ。

うらやましい。

両手を突き出すようにして緑色の光が放たれ、俺の体が光に包まれる。

ダイキ　21／30

「回復役しか回復できないのって不便だよね。量も少ないし」

愚痴《ぐち》っぽく呟《つぶや》くプレイヤー。

ノーリスクで何回も回復できるなら、それこそ回復役一人でダンジョンにずっと潜っていられるし、その辺バランスがあるんだろうなぁ。

「回復できるのは一人に対して3まで。しかも次の回復には100秒のインターバルがいる燃費の悪さ！」

「え。そんな貴重な一回をいいんですか？」

「まぁまぁ。感謝の気持ちってことで」

罠で減った体力がある程度戻った。

しかし一人1回限定で＋3までか。

ならさっき手に入れた回復薬は割と破格の性能だったりするのだろうか？

そんなこんなで皆と別れ、再び二人ぼっちとなった俺達。とりあえず先ほど拾った〝冒険者の落とし物〟とやらを使ってみた。

出てきたのは古ぼけた地図。

ダリアと一緒に覗《のぞ》き込《こ》む。

「おぉ。隅々まで道が出てきた」

この地図と同期されたのか、先ほどまでほぼ真っ白だったマップにじわじわと道が浮かび上がってくる。

全ての道が開拓された地図ってことか。

律儀に宝箱の場所まで書かれてるな。

「地下4階への階段もある、けど……？」

しばらく地図を眺《なが》めていると、ある箇所が目に留まった。そこは行き止まりマークに×印が書かれ、なぜかその奥に道が続いている。

隠し通路、的なアレか？

「ここ行ってみる？」

ペチペチ。ダリアも乗り気だ。

ここでの出会いは一期一会。なんとか勝利し感動を分かち合った仲間達も、談笑もそこそこにイベントに戻ってゆく——どこか寂しくもあるが、ゲームらしいといえばらしいのかもしれない。

皆と別れの挨拶《あいさつ》を交わした後、俺達はその×印を目指して歩き出した。

＊＊＊＊＊

そこは行き止まりではなかった。

「ぜっったい何かあるな」

目の前には巨大な門が鎮座している。

地図で最北に位置する×印の場所に向かった俺達の前に、青銅色の重厚な扉が立《た》ち塞《ふさ》がった。

扉の端に緑の炎が灯《とも》った松明《たいまつ》が揺《ゆ》れる。

ぐっぐっと手で押してもびくともしない。

ダリアが魔法をぶつけても壊れない。

単なるオブジェ？

いや、地図にはこの先の道が――

［冒険者の落とし物］
地下3階の道が全て描かれた地図。誰かの落書きもあるぞ。

落書き。

冒険者の落とし物を手に持つと、裏側に書かれた文字が淡く光を放った。

ゴゴゴゴゴ！

「落書きじゃなく扉を開ける呪文《じゅもん》か何かか」

隠し扉の場所を記しているなら入る方法も書いてあるだろう……と思ったら本当にその通りになった。ラッキー。

先へと進む俺達。

しばらく歩くと後ろの扉がゆっくりと閉まり辺りは真っ暗になる――かに思えた、
ボッ！

俺とダリアの近くにあった松明が灯る。

緑色の炎が揺れた。

ボッ！　ボッ！　ボッ！

奥へ奥へと誘《いざな》うように松明が灯る。

道は遥《はる》か先までの一本道のようだ。

「よし。いくか――」

『……の……を使えば……！』

『……じゃよ。ならば……』

一歩踏み出したその刹那、周りからノイズのかかったラジオのような音質で誰かの会話が聞こえてきた。

いや、音声だけではない。

俺の横から現れた青白い人型――それは小太りの男性だったり、獣を従《したが》えた女性だったりと形を変え、先行するように歩き出す。

人型はどんどん数を増やし、遂《つい》には8人となった。

「何かのイベント、かな？」

会話内容は聞き取れないが、彼等の後ろをついて進む俺達。そしてその空間にたどり着くと同時に、激しい後悔が全身を貫いた。

ボッ！　ボッ！　ボッ！

ドーム状の空間を囲うようにして松明が灯ってゆくと、その中心にいる〝存在〟がゆっくりと映し出された。

青い瞳、黒い鱗《うろこ》。

地面に体の半分を飲まれた黒竜が俺とダリアを見据《みす》えていた。

［黒竜アポリュオン　Lv.50］　#金

緑の炎を纏いし黒竜。
勝てない敵だ。
ひと目みてそう感じた。
格上とは何度も戦ってきた俺達。
森の王然《しか》り、サラピュロス然り。
アラクネや炎帝ディィリオンも格上だ。
しかしなんだ、この生物は。
心の奥底から湧《わ》き立《た》つ〝恐怖〟はなんだ。
「いったん帰――」

グルアアアアAAAA！！！
［黒竜アポリュオンが威嚇を発動！］
［全てのプレイヤーは動けなくなります］

そんなデタラメな技があるか！
いつの間にか8人の光は霧散していた。

動けない俺達に黒竜は攻撃を仕掛ける。
口内に緑色の炎を溜《た》め、噴き出した。
避けられない――――！
［黒竜アポリュオンが無秩序な咆哮《カオスティック・ロア》を発動！］
［ダイキに15のダメージ］
［ダリアに15のダメージ］
強い衝撃を受け壁際まで弾き飛ぶ俺達。
何かに激突し、そのまま地面に落ちる。
「一撃で体力の半分かよ……」

ダイキ　6／30
ダリア　12／30

同じ攻撃を喰《く》らえば確実に終わりだ。
いや、一撃で死なないだけマシか。
ダリアが髪を逆立てて立ち上がる。
激しい炎が体を包み込む。
［ダリアが獄炎を発動！］

［黒竜アポリュオンに０のダメージ］

ブチギレのダリアでもダメージが通らない……となると、正攻法では討伐できないタイプかな。

「一旦《いったん》撤退するぞ」

俺はダリアを小脇に抱えて物陰に潜む。

ふーっふーっとお怒りのダリア。

アレ相手に物怖《ものお》じしないのは流石《さすが》だよ。

アイテムから［貴重な回復薬］を取り出し、使用する。小瓶のそれは光の粒子となって俺達の体を包み込んだ。

ダイキ　16／30
ダリア　22／30

されど＋10か。

でもこれでもう一撃は耐えられるぞ。

体力が回復したことで心にゆとりができ、冷静に物事を考えられるようになってきた。

俺は改めてこの空間を観察する。

「思い出せ。ダンジョンに倒せない敵は出てこない」

薄暗い空間でも松明の光で全貌は摑《つか》める。

ドーム状の空間、真ん中には穴にはまった黒竜。

ぐるりと囲うように松明と――像？

「これは……？」

自分が隠れているモノを見上げると、そこには美しい女性の像が立っていた。

全部で8体――あれ？

入り口で見かけた光も8人だったぞ。

『冒険者よ、心して聞くがいい。かの者、黒竜アポリュオンは英雄達が死力を尽くしてなお倒し切れなかった異形の存在だ。しかし封じることはできた。奴《やつ》はまだ力のほとんどを封じられている。光る武器を取りなさい。再び封印を施すことができれば、奴を混沌《こんとん》の闇の底に還《かえ》すことができるだろう』

頭の中にメッセージが流れる。

〝ボスの第一発見者には、討伐のための重要ヒントが流れるんだ。今回のボスも単純な戦闘では苦戦は必至だったはずだし、結構助かるよね〟

先程のプレイヤーの言葉が蘇《よみがえ》る。

これか、ヒントってやつは。

でも漠然としてて要領を得ないぞ。

「封印を施す？」

見れば黒竜の胸元に伸びるような形で青白く発光する鎖を確認できた。

これが封印？　でも鎖には繋《つな》がってるし。

もう一度よく見ると、鎖はどうやら像の膝下《ひざした》から伸びているようだった。しかしその本数が像の数に合わない。

「光の武器ってアレかよ」

黒竜の近くに光を放つ何かが3つ。

足りない鎖と数が合う。

「アイツの攻撃を避けつつ拾えってか」

封印とやらのやり方が分かってきた。

20人くらいで挑めば安全にクリアできそうなギミックだが、あいにくここには俺とダリアだけだ。

黒竜はその間も無差別的に攻撃を繰り返す。

「パターンは3つくらいか。右腕を上げたら右半球が危険、左腕を上げたら左半球。口に炎を溜めたら前方」

後方にもなんらかの攻撃手段を用意していると考えれば、予備動作で少なくとも4つの行動が読み取れる。

腹を決めろ。

「俺とダリアは一蓮托生《いちれんたくしょう》。最後まで頼むぞ」

ダリアを定位置に置き、立ち上がる。

ペチペチ！

今日イチのペチペチありがとう！

おし、突っ走るぞ！

「おりゃあああ!!」

黒竜が左腕を上げたタイミングで飛び出した俺達は、振り下ろし攻撃に動じることなく光る武器を1つ、2つと回収に成功する。

残りは1つ——

黒竜の口内に炎が見える！

「うおおおおお！」

最後の1つを拾ってダイブ！

そのまま距離をとって動作を読む。

もう一度前方に火炎放射か！

俺はそのまま全速力で像の足元へと駆け抜けてゆき、窪《くぼ》みのような場所へ武器を突っ込んだ。

ジャラララ!!

像から黒の鎖が伸びてゆく。

ペチペチ

それは黒竜の左腕をぐるぐる巻きに拘束し、黒竜は悲痛な叫び声を上げた。

黒竜アポリュオン　60／80

おし、倒せる！　これも倒せるボスだ！

そのまま対角線状に俺達は駆け抜ける。

「右手振り上げ？　ここから避けられるか？　いや無理、ならっ！」

飛び込むようにして俺は足元にある窪みに武器を刺した。先ほど左腕を縛ったのを鑑《かんが》みるに、今度は右腕になるのではという賭《か》けだ。

「間に合っ――」

黒竜の腕が振り下ろされる。

像から鎖が――出ない。

ズガァンン!!

強い衝撃が体を貫いた。

勢いよく像へと叩き付けられる！

ダイキ　10／30
ダリア　16／30

火炎放射よりマシ、マシだがこれは……

「金縛り火炎放射を受けたら耐えきれない」

15も減るあの攻撃が来たら終わりだ。

完全に崩された。

なんで鎖が出なかった？

さっきは出たのに。

像の裏でやり過ごしながら、先程のメッセージを思い出す。

「英雄達が封じた……？」

黒竜の説明で確かにそう書いてあった。

とっさに俺はスクリーンショットを確認した。

『ローランドは光の剣と盾で闇を払い時代を切《き》り拓《ひら》き英雄となった』

『英雄レノーラスの歌声は全ての生き物に愛されていた。ハープの音色を合わせることで、孤高の神獣も彼女に恋をしたそうだ』

『数々の逸話を持つ英雄ノクスだが、その大剣で大陸を割ったことは今なお剣士達の間で
――』

奇跡というべきだろう。

俺が知るその壁画の内容と残りの像の特徴が一致《いっち》していたのだ。

最初に武器を刺したのは無精髭《ぶしょうひげ》の男、ノクスの像。そして俺は偶然にも光る大剣を選んでいたのだ。

だから鎖が出たんだ。

そして目の前の像――ローランドの像に刺さるのはハープをモチーフにした武器。おそらくこれは本人の武器と違うから鎖が出なかったんだ。

「ならあと1箇所か……！」

光る武器をハープから剣と盾に取り替えると、像から伸びた鎖が黒竜の右腕に絡み付いた。

黒竜が叫び声を上げる。

「よし最後ぉぉ!!」

一点を目指して駆ける。

首を動かしながら緑の炎を吐き出す黒竜。

[黒竜アポリュオンの無秩序な咆哮《カオスティック・ロア》を発動！]

[ダイキに15のダメージ]

ダイキ　1／30

「読み通り」

俺は盾を下ろし、ほっとため息をひとつ。

「命の盾の効果により、３秒間ダイキの体力は１から減りません」

盾術唯一の無敵スキル〝命の盾〟。

固定ダメージに効果があるか微妙な所だったが、問題なく作用したようだ。

追撃の一撃を口に溜める黒竜。

俺はあえて盾を構えず指をさした。

「本命はあっち」

黒竜が振り返るわけでもないが、俺の指さす先でトテトテと武器を運んでいるダリアがようやく像の足元へと辿《たど》り着《つ》き、その窪みにハープを差し込んだ。

最後の鎖が黒竜に絡みつく。

すると像から８人の光が現れ、そのうちのひとり――ダリアの横に立つ光が前に出ると、スッと手を動かした。

大きな狼《おおかみ》のようなシルエットが飛び出してゆき、黒竜の体に噛み付いた。そしてその一撃が決め手になったのか、黒竜の体力が遂に０となったのだった。

黒竜アポリュオン　０／８０

暗い穴の底へと沈んでゆく黒竜。

「邪悪なる力《竜》を封印しました」

ファンファーレにも似た音楽が流れる。

俺はその場に腰を落とし、息を吐いた。

「ギミック分かりにくいって」

真っ先に出てくるのは不満だった。

しかし、やはりボス戦後の満足感というのは日常生活ではまず味わえない。しかもイベントの大ボスを倒せたんだから。

トテトテと近寄ってくるダリア。

俺は彼女の頭を優しく撫《な》でる。

「最後かっこよかったぞ」

ダリアは黙って撫でられている。

こちらへやってきたのはダリアだけではなかった。ダリアの傍《そば》に立っていたあの光の人型もまた、俺の方へと近寄ってくる。

顔立ちを見ることはできない。

しかしシルエットで〝女性〟であることが窺《うかが》える。

光の人型は俺に笑いかけるように小首を傾《かし》げ、ダリアの頭を撫でる俺の手の上にその手を重ねた――しばらく発光ののち、そこにはもう誰もいなかった。

報酬が2つ届いている。

中の確認は、後でいいかな。

「おし。帰ってご飯にしようか」

俺の言葉に小さくガッツポーズを取るダリア。

俺達はそのまま帰還の石を使ってダンジョンを後にしたのだった。

獲得

[古代魔法：熾天使《してんし》の翼]
大いなる力、体現せしは神の炎を司《つかさど》る者。その炎は全てを裁く。

[称号：英雄レノーラスのお気に入り]
召喚士の英雄レノーラスに気に入られています。召喚獣の親密度上昇率UP、転職時に特殊な職業出現。

＊＊＊＊＊

はじめてのイベントから一夜明けた今日。

風の町付近にある小高い丘に来た俺達は、待機時間によって後回しになった［野営術］のお披露目《ひろめ》と洒落込《しゃれこ》んでいた。

足元のダリアは「なにが始まるの？」と言いたげな表情で俺を見上げている。

「さあて、どんな感じになるやら」

期待に胸を膨らませながら、俺は野営術を発動した――

「わ、わぁお……」

思わず馬鹿みたいな声が漏れる。

想像以上に野営術が進化していたからだ。

屋根もあり、煙突《えんとつ》もある。

以前はテントとＢＢＱセットのような外観だったのに対し、レベルが上がった今は綺麗なログハウスへと変わっていた。

「中入ってみるか」

ダリアがこくりと頷く。

俺はログハウスの扉を開き、中へ入った。

「うおおおなんじゃこりゃ」

驚愕と感動。

外から見た限りでは狭そうなログハウスといった大きさだったのが、中はかなり広い。１５畳くらいの平家といった印象だ。

床は白を基調とした石。家具はナットウッドの濃い茶色で統一され、鉄を基礎にした窓ガラスからは外の風景が見える。

台所は黒く高級感のある光沢を放つ御影石《みかげいし》が使われており、たくさんの調理器具が並べられそうな収納がある。

「水も……それに暖炉《だんろ》も」

蛇口からは水霊石を通して水が出てくる。

メラメラと燃える暖炉には火霊石が入れてあるため、半永久的に燃え続けるようだ。

申し分ないリビングスペース。

いや、ハッキリ言って豪華すぎるくらいだ。

「こりゃあケンヤにも勧《すす》めなきゃだな」

買ってあげたカエルのぬいぐるみを抱いて、とてとてと部屋の中を探索するダリア。服を着ぐるみバージョンへ替えてやりながら、俺は早速新しい調理場で腕を振るってみることにした。

牛すじ煮込み――調理可能になってる！

「すぅぅ――、はぁ――」

深呼吸を一つ。

気負うな俺。練習通りにやればいいんだ。

「タウントシールドが思わぬ金額になったお陰で買えたこの圧力鍋さえあれば……」

オークションに出していた鋼鉄のタウントシールドは結局５４，５００Ｇで売れ、そのお金を元手に60，000Gの圧力鍋（プレイヤー製作品）をオークションで落札している。

自宅でも何度か作った牛すじ煮込み。

環境は整えた、後は作るだけだ。

「調理開始――――！」

まずは野菜を剝いてド・ギアの肉も切る。

生姜も薄切りに、大根とにんじんも切る。

牛すじを圧力鍋へ！

「ダイキが煮込みを発動！」

そのまま中火、丁寧にアク抜きをしていく。

「ダイキがアク抜きを発動！」

勝手に技が発動していく。

レベルが足りないと技自体が発動せずにそのままマイナスポイントになるから、調理場の補正もあってクオリティに期待できそうだ。

そのままアク抜きを繰り返す。

一度ザルにあけて鍋をリセット、十分にアクを抜いた牛すじと野菜を投入してゆく。

〝ここにネギの青の部分と生姜入れると臭みがなくなるよ〟

森《もり》さん、ありがとうございます！

「調味料を入れて、と」

後は蓋をして圧力をかけて待つのみ――

現実と違い、待ち時間はほんの一瞬だ。

シュンシュンシュンと湯気が上がる。

遊びに飽《あ》きた様子のダリアがやってくる。

鍋を火から外し、圧力が抜けるのを待つ。

「ダリア。ご飯にするから席で待っててね」

俺がそう言うと、ダリアは席には向かわず、棚から器を取り台所に置くと、その後箸を持ってテーブルの方へと向かっていった。

二人分の箸を並べ、ちょこんと席に座る。

「えらい……！」

ケンヤや雨天《うてん》さんに見せたいこれ。うちの子が偉い。聞き分け良くて気遣いもできるなんて。

席でそわそわして待つダリア。

彼女の期待に応えたい――蓋を開け、盛り付ける。

［ド・ギアの牛すじ煮込み］
評価：95点
効果：物理攻撃力＋15／物理防御力＋15／獲得経験値量＋5％／効果時間：18分間
味付けも抜群《ばつぐん》、下処理も完璧です。少し煮る時間が長いようですが、好みの範囲でしょう。

最高の出来だ。

最後に細ネギをぱらつかせて完成だ！

［ド・ギアの牛すじ煮込み］

評価：100点
効果：物理攻撃力＋15／物理防御力＋15／獲得経験値量＋5％／効果時間：18分間
味付けも抜群、下処理も完璧です。少し煮る時間が長いようですが、好みの範囲でしょう。

「できたぞ！！！」

ドタドタとダリアの前へ持っていき、鍋敷きの上にそれを置く。小皿に二人分を盛り付け、ひとつをダリアの前へと置いた。

不器用ながらも箸を使って食べるダリア。

どれ、俺もひとくち。

「……いいんじゃないか？」

うん、うまい。

店で食べたあの牛すじ煮込みに近付けたかどうかは分からない——けど、現実でも圧力鍋を買って試行錯誤した結果が出てる気がする！

野菜や肉もほろりと口溶けする柔らかさ。

少し薄味にしたのもダリアへの配慮がある。

「ダリア、おいし――」

おいしい？　そう聞くまでもなかった。

ふにゃりと笑顔を見せ、こてんと俺の肩へ頭をもたれかけるダリア。お肉だけでなく野菜もしっかり食べ、空《から》になったお皿を持ちながら「お代わりしていい？」と、恥ずかしそうに訴えてきている。

「あるとも！　あるとも……！」

作った料理を食べてくれただけ、だけなのに……どうしてこんなにうれしいのか。努力が報われたことと、喜んでほしいという希望が叶ったことの相乗効果なのかな。

小皿におかわりを盛ってあげる。

ダリアは嬉しそうにそれを食べていく。


ボス戦だったり、イベントだったり。

色々な体験をした。

けど、この瞬間が一番幸せだ。

笑ってるダリアを見るこの瞬間が。

「たくさん食べな。何度だって作ってやるから」

これから先もずっと。

かけがえのない〝家族〟のために。

あとがき

ご購入ありがとうございます。

初めましてのかたは初めまして、そうでない方はお待たせいたしました。苦節数年、念願叶っての再書籍化となりました。

はじめに――『Frontier World』という作品は「小説家になろう」というサイトに投稿されています。一度は書籍化されましたが、力及ばず全3巻にて完結となっております。が、初めて書いた小説ということもあり諦めきれずにいました。何度も辞《や》めそうになったのを繋ぎ止めてくれたのが、他ならぬ読者様達でした。

だからこそこの作品を大事にしたかった。

かつての『Frontier World』はファミ通文庫さんから出版され、その後縁あって私の別の作品『未実装のラスボス達が仲間になりました。』もファミ通文庫さんに拾っていただきました。これも何かの運命だと『Frontier World』の再書籍化をお願いして、今回の再書籍化となりました。

悔いのないように全て一から書きました。

愛情をもって書き上げました。

書きたいことを全て詰め込みました。

『Frontier World Online』と『Frontier World』は登場人物やストーリーなどはほぼ一緒ですが、そういう経緯もあって別物です。なので旧書籍版やｗｅｂ版を読んでいただくと、また違った楽しさが味わえると思います。

内容についてですが「ダイキとダリアの成長冒険譚《ぼうけんたん》」というテーマで書いてます。そのため登場キャラがかなり絞られており、その分二人の描写が多くなっていたと思います。

「いつも腹ペコなダリアに自炊しないダイキが料理を頑張る」というお話と、「普段周りとつるまないダイキがダリアとの出会いをきっかけに心を開いていく」というお話の二つが主に書きたかった内容です。「ネグレクト家庭で育ったダイキがダリアを溺愛《できあい》していく」というｗｅｂ版から走らせていた物語の大きなテーマも入れられたと思います。

満足のいく一冊になりました。

関係者各位、そして読者様に深い感謝を。

本当にありがとうございました。

ながワサビ６４

ながワサビ64先生ありがとうございます
ダリアが素晴らしく可愛いです！
様々な場面で魅せるダリアのリアクション
どれをとっても愛らしく、すぐにフロンティア
ワールドの世界にのめり込んでいきました。

実際にあったらダリアの装備にしこたま
課金しそうでゾッとしました…

次巻も楽しみにしております

布施龍太

Frontier《フロンティア》 World《ワールド》 Online《オンライン》
—召喚士《しょうかんし》として活動中《かつどうちゅう》—

2021年10月29日　初版発行

著　　者　ながワサビ64《ろくじゅうよん》
カバーイラスト　布施龍太《ふせりゅうた》
発 行 者　青柳昌行
発　　行　株式会社KADOKAWA
〒102-8177 東京都千代田区富士見2-13-3
電話 0570-002-301（ナビダイヤル）
編集企画　ファミ通文庫編集部
デ ザ イ ン　AFTERGLOW
写植・製版　株式会社オノ・エーワン
印刷・製本　凸版印刷株式会社

ISBN978-4-04-736781-4　C0093
定価はカバーに表示してあります。

スキル
《ダンジョン生成》を
使ったら、
最強魔王六人の
主になっていた!?
activation
{ Dungeon Generation }
未実装の
ラスボス達が
仲間に
なりました。
The unimplemented end-stage enemys have joined us!
Author ながワサビ64
Illust. かわく

修太郎と
魔王たちの邂逅は、
デスゲーム世界の
希望となるのか!?
《START: DEATH GAME》
ゲーム内に
閉じ込められた
プレイヤーたちも、
それぞれの思いを
賭けて奔走する!!
The unimplemented end-stage enemy have joined us!
contract: { BOSS MOB }
The Six Demon Kings and the Lord of the Dungeo

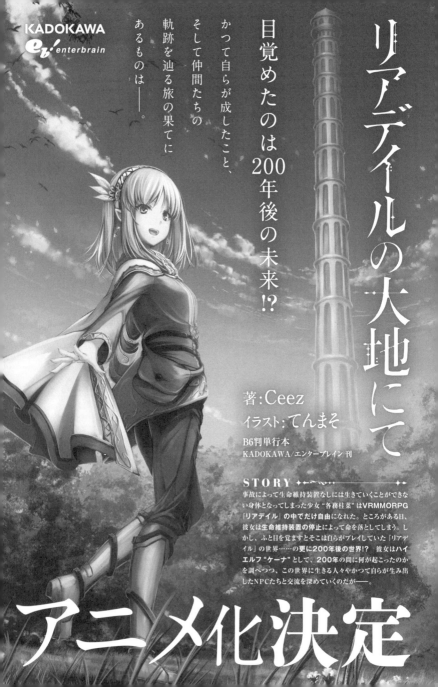